陛下、心の声がだだ漏れです！

シロヒ

ビーズログ文庫

イラスト／雲屋ゆきお

もくじ

序　章　心の声がだだ漏れです。 …6

第一章　新婚生活は波乱万丈です。 …16

第二章　お披露目式は戦場です。 …76

第三章　今日から住所不定です。 …114

第四章　人命のためには仕方ないんです。 …152

第五章　受けた恩は返すものです。 …188

第六章　陛下、本音がだだ漏れです。 …225

終　章　ガイゼル・ヴェルシアは春を待つ …238

〈特別書き下ろし短編〉

ランディ・ゲーテは考えた …254

寝起きの陛下は甘すぎる …278

あとがき …283

ツィツィー・ラシー
南の小国ラシーの末姫。
他人の心の声を意図せず
聴くことができる。
ガイゼル・ヴェルシア
北の大国ヴェルシアの皇帝。
冷酷無比と恐れられるが、
ツィツィーに向ける
心の声は超甘い。

人物紹介

リジー

ツィツィーの侍女。
ガイゼルを恐れ、常に
緊張していたが……!?

ヴァン・アルトランゼ

ヴェルシア騎士団所属で
ガイゼルの護衛。
ガイゼルとは幼馴染の腐れ縁。

ランディ・ゲーテ

ヴェルシアの王佐補の一人。
ガイゼルが最もこき使う相手。

ルクセン・マーラー

ヴェルシア国の王佐。
先代を崇拝するあまり、
ガイゼルをよく思っていない。

ツィツィー・ラシーは困惑していた。

「何をしてる」

『目覚めてまだ間もないというのに……どうしてこんな完璧な美しさなんだ……可愛すぎる……』

聞き間違いではない。

この声は目の前で不機嫌極まりない顔つきを見せている我が夫——ガイゼル・ヴェルシアのもの。ただしツィツィーには「口にしている言葉」と『心で思っている言葉』の二つが聞こえているのだ。

「も、申し訳ありません。陛下」

「……邸では名前で呼べと言ったはずだ」

「そ、そうでした……その、ガイゼル様」

「……」

『別に様もなくていいんだが……いやむしろ気軽に呼んでほしい。だがあまり性急に距離を詰めすぎるのも問題か……しかしなんと可愛らしい声だ。まるで愛らしい小鳥がさえずっているかのよ』

「あ、あの、そろそろお出にならないと、皆さまをお待たせしてしまうのでは⁉」

ツィツィーが慌てて投げかけると、ガイゼルはむ、と険しく眉を寄せた。固く口を引き結んだかと思うと、冷たい一瞥を投げていく。

「今日も遅くなる。先に休んでいろ」

『くそっなんで最近こんなに仕事が多いんだ！　これではツィツィーと一緒に夕食もとれないだろうが！　やはりランディの奴を縛り上げて……』

「いえ！　私、ガイゼル様がお戻りになるまで待っていますから」

「……勝手にしろ」

『……優しい……優しすぎる……天使かな……』

そう言うとガイゼルはようやく仕事へと向かった。その背中を見送りながら、ツィツィーは長い長いため息をつく。顔は真っ赤になっており、当分熱が引きそうにない。

（どうして陛下の声だけ、こんなに鮮明に聞こえるのかしら……）

ツィツィー・ラシー。

——彼女には、人の心の声が聞こえる不思議な力があった。

二人はよくある政略結婚だった。

ツィツィーは南の小国・ラシーの末姫で、月光のような白銀の髪に、夏の空に似た青色の瞳。そして透き通るような白い肌をしていた。それだけ見れば非常に美しい容姿なのだが、不幸なことにラシーの民の多くは燃えるような赤い髪と赤い目を持つため、ツィツィーの姿形は周囲に比べてとても悪目立ちした。

さらに幼少の頃、自分の持つ力が特異なものだと知らなかったツィツィーは、母親が呟いた心の声に何気なく答えていた。最初は偶然かと思っていた母親も、不可思議なやりとりが繰り返されるにつけ、いつしか『呪われた娘』とツィツィーを忌み嫌うようになってしまったのだ。

そうして気づけば人目から隠されるようになり、半幽閉状態で暮らしていたツィツィーの元に、ある日突然結婚の話が舞い込んできたのである。

相手は北の大国・ヴェルシアの皇帝——ガイゼル・ヴェルシア。

先代の崩御後、国中を巻き込んだ後継者争いを、力ずくで勝ち抜いた猛者であり、勝利に導いた戦は数知れず。剣に槍、弓、白兵戦まで何でもこなす武芸の天才だが、臣下に対しては尊大で傲慢な振る舞いをするとされ――ついた呼び名が『氷の皇帝』。

ツィツィーとは正反対な漆黒の髪に、北国の王にふさわしい白い肌。目はツィツィーと同じ青色をしていたが、ガイゼルの瞳は暗い海底のような深さに紫が混じっており、初めて見た時はツィツィーも少し恐怖を感じたほどだ。

「――人質か、くだらないな」

輿入れをした日にそう言われたことを、ツィツィーは思い出す。実はツィツィーは本来、先代皇帝の六番目の側妃となるはずだった。

だが先代が亡くなり、行く当てのなくなったツィツィーを、次期皇帝となったガイゼルが何故か引き取ると言い出したのだ。

ガイゼルの言葉通り、ツィツィーはラシーを守るために差し出された生贄だ。

周辺の国を次々と奪い取り、蹂躙し、我がものにしていく大国ヴェルシア。そこに反抗する気はない、という恭順を示すために送り出される小国の姫。

だがラシーとしても、器量の良い上の姉たちを手放したくはない。そこで選ばれたのが忌み子として扱われていたツィツィーだったというわけだ。

ようやくガイゼルの心の声から解放されたツィツィーが広間に行くと、すでに使用人たちがずらりと控えていた。王宮から派遣されたという教育係が一歩前に出て、恭しく今日の予定を読み上げる。

「皇妃殿下、本日は歴史と語学、午後からはダンスのレッスンが入っております」

「分かりました。部屋に戻って準備をしてきます」

丁寧に頭を下げる教育係に礼をし、自室へと戻る。広い廊下を歩きながら、ツィツィーは再び先ほどの疑問を思い浮かべていた。

(やっぱり、他の方の声は聞こえないのに……どうして陛下だけが？)

ツィツィーの持つ不思議な力は、誰彼を問わずというわけでもない。

小さい頃はまだ力が強く、近くにいれば誰の心の声でも読み取れた。だが成長するにつれその能力は明らかに落ちていき、最近では聞こえないことの方が多い。

そのため相手の心の声に対して受け取る構え（ツィツィーは『受心』と呼んでいる）をしなければ、はっきりとは分からないのだ。

またこの『受心』も、場合によっては腕を高く上げたり、足をおかしな角度で止めたりと、変わったポーズをしなければならず、とてもではないが人前で堂々と出来る行為ではない。

一方波長の合う人間であれば、受心をせずとも聞こえる場合もあった。だがそんな相手はごくわずかで、ツィツィーもすれ違いざまに「いたかな？」と思う程度でしかない。

しかし――この国に来て、初めてガイゼルと会った日のことだ。

『女神がいる……』

突然聞こえてきた心の声に、ツィツィーは思わず周囲を見回した。

「何をしてる。名乗れ」

「し、失礼いたしました。ツィツィー・ラシーと申します」

『ツィツィー……ああ、なんて清らかな響きの言葉だ。名乗る声もまた美しい。意味はなんだ？　花の妖精か、宝石のような、あたりか？　名づけたのはあの王と妃だろうか。いずれにせよそこは感謝する』

「……」

聞き間違いではない。

先ほどから明瞭に聞こえてくる、この心の声はガイゼル陛下のものだ。

「遠方より大儀であった。今日は休め」

『本当は俺が迎えに行くはずだったのに……くそっランディの奴、分かっていてこの日程で仕事を入れたに違いない！　そのせいでこんな遅い時間になってしまった』

「あ、ありがとうございます……」

「……」

『……やはり、緊張しているか……どうして俺はこういう時、優しい言葉ひとつかけてやれんのだ……』

二重に流れてくる音声を聞きながら、ツィツィーはそっとガイゼルを盗み見た。

執務机の奥に座るガイゼルの表情は険しく、視線は書類に落としたまま。ツィツィーの方を見てもいない。発される言葉は冷たいものばかりで、それだけであればツィツィーはただただ委縮していたことだろう。

だが合間合間に差し挟まれる心の声が、そうではないと訴えかけてくる。

（これは、私に言っている……のよね？）

先ほどからツィツィーに向けられている賛美。最初は、隣に恋人でもいるのかしらと思っていたのだが、ここは皇帝の私室。どう見ても自分とガイゼルの二人しかいない。

室内に不自然な沈黙が流れる。どうすべきか迷ったツィツィーだったが、休めというガイゼルの言葉に従うべく、「失礼いたします」と御前を退いた。

重厚な木の扉を閉め切ると、ガイゼルの心の声は途端に小さくなる。ようやく静かに

なったことに、ツィツィーは安堵のため息を零した。

（やっぱりあれは陛下の心の声……でもどうして、あんなにはっきりと聞こえるのかしら……）

あまりに鮮明すぎて、下手をすれば普通に話しているのと変わりない。原因として思い当たるとすれば、陛下が「波長の合う人間」ということだろうか。それも恐ろしく高いレベルで。

（勝手に聞こえてしまうだけでも申し訳ないのに、……どうしてあんな、恥ずかしくなるような、ことを……）

思い返したツィツィーは、頬が熱くなるのが分かった。

会った早々に女神だの妖精だの。そのくせ表の顔は『何かあればお前を殺す』と言わんばかりの威圧感を醸し出している。この差は一体何なのだ。

（……とりあえず寝ましょう。明日からはここで、闘わなければならないのだから）

のぼせた顔を軽く叩くと、ツィツィーは静かに息を吐き出した。やがて美しい青色の目を開くと、心の中で一人決意を固める。

（ここはもうラシーではない――私が何か不興を買えば、それが争いの火種になることもある）

どんな扱いを受けようとも、絶対に争ってはならない。

たとえどれほど屈辱的なことであろうとも。
それがこの大国に差し出された――人質としての、私の使命なのだから。
ツィツィーはそう心に誓うと、自らにあてがわれた妃の部屋へと向かった。

これはよくある政略結婚。
ただし――『誰からも本心を理解されない孤独な王様』と『意図せず心を読むことが出来るお姫様』が出会った奇跡のような物語である。

　ツィツィーがヴェルシアに輿入れしてから一カ月が経った。

　二人が生活しているのは本邸と呼ばれる建物で、執務に当たる王宮とは別に築かれた、皇族たちの居住空間である。二つの建物は中庭を挟んで渡り廊下で繋がっており、ガイゼルは仕事の時間になると本邸から王宮へと移動していた。

　その日も王宮に向かう前——朝食の席でのことだ。

「おい」

「はい、なんでしょうガイゼル様」

「余計なことはしていないだろうな」

　壁際にずらりと並んでいた使用人たちが、一斉に表情を曇らせた。

　長いテーブルの端に座るツィツィーは、反対側に座すガイゼルの言葉に首を傾げる。彼の手にはコーヒーカップが握られており、問いただすようにこちらを睨む視線は、相変わらず鋭く険しい。

だが少し遅れて聞こえてくる心の声は、いつも通りだ。

『――何か至らないところはないだろうか。不便はさせないよう指示したつもりだったが、故国とは色々と勝手も違うことだろう。慣れるまで進講など受けさせず、やりたいことを自由にやらせてやりたいんだが……』

「は、はい！　大丈夫です」

一瞬、スパイ行為などを疑われているのかと焦ったツィツィーだったが、心の声を聞く限り、ただ言葉の選び方が極端すぎるだけのようだ。ツィツィーが笑顔で答えると、ガイゼルは「ならばいい」とだけ告げて再度カップを傾けた。

食事を終え、ガイゼルを見送りに玄関ホールへと向かう。

着丈の長い外套を羽織るガイゼルの姿は実に優美で、『氷の皇帝』としてふさわしい出で立ちだ。高い襟につけられた獣毛の装飾に、防寒を考慮した編み上げの革ブーツ。外套から伸びる両足は長く、その腰には銀の装飾が施された長剣を佩いている。

「何を見ている」

「あ、その、よくお似合いだなあと」

「……くだらん」

『――やめろ、やめてくれ。出がけにそんなことを言われたら、俺はどうしたらいい？　可愛さで憤死するしかないだろ。もう今日はこのまま休みにしていいか？　よく考えたら新婚旅行にも行けていないし、このまま発ってもいいんじゃないか？　そうと決まればランディの奴に伝令を……』

「し、失礼いたしました！　ご公務、頑張ってください！」

ツィツィーは慌てて心の声を遮った。皇帝が突然休むなんてことになれば、そのランディという人にも迷惑をかけてしまうだろう。自分の一言のせいでそんなことになっては大変、とツィツィーは必死にガイゼルを送り出そうとする。

一方ガイゼルは、眉間に深い深い縦皺を刻んでいたかと思うと、苦虫を噛みつぶしたような表情で、ようやく玄関の方を振り返った。はた目には、ツィツィーの一言によって機嫌を損ねたガイゼル、としか見えなかっただろう。……実際は激しい心の葛藤によるものなのだが。

良かった、とツィツィーが安堵していると、何故かガイゼルは再びこちらを振り向いた。ツィツィーの顔をじっと凝視したかと思うと、強面のまま噛みしめるように称賛を始める。

『しかし今日も恐ろしく可愛いな……。髪は銀細工のような美しさだし、空色の瞳も実に愛らしい。その長い睫毛は瞬きの邪魔にはならないのか？　手や足も細すぎて不安になる……』

「……陛下？」

『いつ聞いても可憐な声だ……本当に俺と同じ人間なんだろうか。こんなに華奢でか弱い生き物を作って、神は一体何を考えているんだ？　危なっかしくて目が離せなくなるだろうに……』

（陛下には私が、どのように見えているのでしょうか……）

故郷ラシーにいた時は、ツィツィーの容姿を褒める者などいなかった。

ラシーでは艶やかな赤髪が美しいとされるため、ツィツィーの外見はまさに正反対のもの。たまに公式行事などに出ても、一人見た目の違うツィツィーは指をさされ、ひそひそとした陰口に耐えていた思い出しかない。

だがここヴェルシアには実に多くの髪色の人がいるため、ツィツィーの容姿が目立つことはない。その点だけは嬉しかったのだが、ここまで褒めそやされるといいかげんツィツィーも恥ずかしくなる。

「へ、陛下、さすがにそろそろお時間が……」

さらなる賛辞に移行しようとするガイゼルに、ツィツィーはおずおずと出御を促した。するとガイゼルは、はっと夢から覚めたかのように何度か目をしばたたかせると、重々しい声で短く告げる。

「……行ってくる」

「はい。いってらっしゃいませ」

「……」

明るく送り出すツィツィーに対し、ガイゼルは複雑な表情で再び眉を寄せていた。

結局何も口にせず、すぐに身を翻して行ってしまったのだが、玄関の扉が閉まる一瞬、しょんぼりとした心の声が、残滓のようにツィツィーの元に届く。

『だめだ、いまだに夢を見ているんじゃないかと思ってしまう……おまけにあんな可愛い顔で「いってらっしゃい」とか言われたら、逆に行きたくなくなるだろ……』

(陛下……またおっしゃってるわ……)

その言葉に、ツィツィーもまたはにかむように顔を伏せた。

輿入れの日以降も、ガイゼルの心の声はとどまるところを知らなかった。見た目は今まで同様、無愛想で怜淡な雰囲気をまとっているのだが、ツィツィーを前にした途端、怒濤の褒め言葉が次々と浮かんでくるのだ。

ちなみに先ほどの朝のくだりも、この一カ月で十回以上繰り返している。

(けして嫌なわけではないし、私としてはすごく嬉しいんですが……どうしてあんなに表情を変えずに思考できるのかしら)

ツィツィーの経験上、心の声と外に見せる表情にはあまり差がないことが多い。怒っていれば誰だって目つきが険しくなるし、嬉しいことがあれば自然と口元はほころぶものだ。

だがガイゼルの場合、心の中でどれだけツィツィーを溢美していても、表に出すのは寡黙な鉄仮面だけ。決して周囲に悟られるようなことはない。

（もう少し感情を出していただけたら、きっと周りの皆さまも気が休まると思うのだけど……）

ツィツィーは今朝の光景を思い出す。

本邸で暮らし始めてしばらく経つが、この邸で働く使用人たちは、常に極度の緊張状態にあった。おそらくガイゼルの不興を買わないようにという用心からなのだろうが、そのせいで余計に『一つのミスも許されない』という空気に満ちている。

とはいえ、自分はこの邸でいちばんの新参者。ましてや人質代わりの皇妃が何を言ったところで、彼らの気が休まるわけでもない。

（でも……）

ツィツィーは煮え切らない思いを抱えながら、うーんと肩を落とした。

ガイゼルを送り出したあとは、いつものように勉強漬けだ。

皇族と王族の婚姻は――一般的には結婚証書に署名したのち、一カ月ほどで有力諸侯や臣下にお披露目、その半年後に挙式という形をとる。

だがツィツィーの場合、ラシーという遠方からの輿入れで、しかも側妃のはずが皇妃へ格上げされたこともあり、かなり余裕を持った予定が組まれていた。

具体的には半年間の皇妃教育ののちにお披露目式。さらにその半年後に結婚式という流れである。

もちろんツィツィーがこの国に入ったのと同時に、書面での手続きは完了しているため、二人が夫婦であることは間違いない。

ただしお披露目式と結婚式を経なければ、ヴェルシアの貴族たちから正式に認められたわけではない、という不文律があるのだ。

つまり今のツィツィーは、第一皇妃という肩書きを持ちながらも、それは形式上だけで――非常に不安定な立場にあった。

教育係の流暢な外国語を聞きながら、ツィツィーは滝のような汗をかいていた。

（む、難しすぎる……）

ヴェルシアは多くの属国を有するため、各地の言語の習得は必須とされる。また各国の歴史、文化、礼儀作法など学ぶべきことは枚挙にいとまがない。

本来第一皇妃ともなれば、幼少期から定められた婚約者として、時間をかけてこうした教育を受けるものだ。しかしツィツィーは突然皇妃となってしまったため、膨大な量を一度に詰め込まなければならない。

（うう、私、本当に覚えられるでしょうか……）

やがて午前の授業が終わり、一時間の休憩となった。

ぐったりとするツィツィーの前に、焼き立てのパンで出来たサンドイッチと、花の香りの漂う紅茶が並べられる。ふんわりとした温かさに、ツィツィーは侍女に向けて親しみを込めて微笑んだ。一方、侍女の顔はいつも通り強張っている。

「ありがとう、リジー」

「い、いえ。何かありましたら、すぐにお申しつけください……」

リジーと呼ばれた侍女は震える声でそれだけ告げると、視線を上げることなく壁際に向かい、置物のように待機した。それを見たツィツィーははあと肩を落とす。

使用人たちの中でも、ツィツィーが特に気にかけているのがこのリジーである。

ヴェルシアに来てすぐ、ツィツィーの侍女としてつけられたのだが、年は二十歳と皇妃の侍女に選ばれるにしてはあまりに若かった。

だが、故国では侍女をつけてもらえず、こちらで頼る者もなかったツィツィーは、歳の変わらぬ彼女の存在を心から喜んだものだ。

しかし数日経つにつれ、どうやらそれは本来の形ではない、ということを理解した。

第一皇妃ともなれば、貴族の子女など数人の侍女がつくのが普通だ。だがいざツィツィーの侍女を、と候補を当たってみたところ、高貴な身分や経験のある女性らはこぞって辞退してしまったそうだ。

理由は明白で、侍女というものは仕える主の身分によって、自身の立ち位置が変わってくる。そのため権力を持つ女性のもとで働くことが、同時に自分の価値を高めることにも繋がるのだ。

その点ツィツィーは他国の末姫で、ヴェルシアの社交界における影響力は皆無に等しい。いくら第一皇妃という称号があろうとも、ツィツィーに肩入れしたいという女性はいなかったのだろう。

結果として、社交界にしがらみの少ない中流貴族の次女であるリジーが、年齢が近いという理由だけで選ばれた、という噂を随分経ってから耳にした。

（こんな私のために、本当に申し訳ない……）

いつ皇帝の怒りを買い、故国に送り返されるかも分からない。そんな人間に誰がついていきたいと思うだろうか。

もちろんツィツィー自身は、侍女が一人だけであることや、不慣れなことに何の不満もない。むしろこんな自分に仕えてくれるリジーには、感謝しかないと思っている。

（だからこそ、もう少し仲良くなりたいのですが……）

どうすればいいのかしらと考えながら、ツィツィーはようやく昼食のサンドイッチを口に運んだ。

その夜、一日のノルマを終えたツィツィーは、一人夕食の席に着いていた。

幅広の食卓の端には、ツィツィーのためだけに用意された豪華な料理が並んでいる。

壁際には相変わらず多くの使用人が並んでいたが、息をすることすらためらわれるような静寂に満ちていた。

ガイゼルがいない場であっても、緊張の糸はぴんと張り詰めたままだ。

(今日も陛下は戻られていないのね……)

味気のない晩餐を終え、ツィツィーはそっとフォークを皿に置いた。居心地の悪い食事。おまけにガイゼルと共にしたことは、この一カ月で数えるほどしかない。

(仕事が忙しいとは聞いているけれど……お身体は大丈夫でしょうか)

不安になったツィツィーは、片づけにきた使用人の一人に問いかける。

「あの、陛下は今日何時くらいに戻られるのでしょうか？」

「は、はい！　……も、申し訳ございません。我々にも陛下のご帰邸がいつかは、はっきりと聞かされておりません」

「そうなんですね……」

「王宮にお泊まりになられることもありますし、こちらに戻られても、遅くまでお部屋で仕事をされておいでなので……」

びくびくと怯えた様子の使用人に礼を伝え、ツィツィーはため息をついた。

食事を終え自室に戻ると、中には変わらず緊張した様子のリジーがおり、就寝前の身繕いを手伝ってくれた。すべらかな絹地のナイトドレスに袖を通しながら、ツィツィーは一人思案に耽る。

（朝は時間がないから、ゆっくりお話は出来ないし……少しでもお会いしたかったのだけれど……）

やがて支度を終え、リジーは失礼しますと部屋を出た。ツィツィーもまた複雑な心境のまま、天蓋のついたベッドへと体を横たえる。

本来結婚した男女であれば、主寝室で共に寝るのが普通だ。しかしガイゼルの仕事がいつも深夜に及ぶことや、まだツィツィーが生活に慣れていないだろうという配慮からか、二人はいまだ別々の寝室を使用していた。

明日の授業に備えるべく、ツィツィーはそっと瞼を閉じる。右に転がり、左に向きを変え――やがてぱっちりと目を開いた。

（眠れない……）

色々と考えごとをしてしまったせいか、どうにも眠気が訪れない。しばらくベッドの中で奮闘していたツィツィーだったが、万策尽きてゆっくりと体を起こした。

（少し、気分を変えましょう……）

ベッド脇に用意されていた上掛けを羽織ると、ツィツィーは静かに立ち上がった。自室を抜け出し、長い廊下をしずしずと歩いていく。大きな窓辺からは青白い月光が差し込み、赤い絨毯を白く照らし出していた。

やがて廊下の突き当たりに行き着いたところで、ツィツィーは奥にあるガイゼルの私室から灯りが零れているのに気づいた。

（陛下のお部屋……もしかして、お戻りになっているのかしら）

一瞬迷ったが、勇気を出して近づく。こっそりと様子を窺うが、中からは物音一つしない。もしや倒れているのでは⁉　と不安になったツィツィーはたまらず扉に耳を押しつけた。するとかすかにだがガイゼルの心の声が聞こえてくる。

『……これは現地視察が必要か、小麦の産出量についても調べさせておかなければ。あとは……』

（よ、良かった……ご無事だわ……）

変わらない声色に、ツィツィーはほっと胸を撫で下ろした。だが同時に不安が湧き上がる。

（こんな遅い時間まで……体を壊さなければいいけど……）

そう思った瞬間、ツィツィーはこの扉を開けてみようかと思いついた。早くお休みになった方がとガイゼルに伝えて――とまで考え、すぐにふるふると首を振る。

（私が陛下に意見するなんて……とてもじゃないけどおこがましいわ）

たった一枚の木の扉が、今は何よりも重たい鋼の壁のように感じられて、ツィツィーはそれ以上進むのをためらってしまった。そうとは知らないガイゼルは、新たな資料に目を通し始めたのか、やがて静かに呟く。

『これは……ツィツィーの報告書か』

「……!!」

突然名前を呼ばれ、ツィツィーは慌てて耳を澄ました。どうやら皇妃教育の経過は、逐次ガイゼルに届けられているらしい。

出来の悪さに呆れられるかも、とびくびくしていたツィツィーだったが、ガイゼルは資料を確認し終えると、何故かひどく沈痛な声色を零した。

『ツィツィーには本当に無理をさせているな……』

（陛下……？）

『最近ずっと、朝にしか顔を見ていない……今から部屋に行くには、時間が遅すぎるか……』

それは普段ツィツィーを前にした時に溢れてくる、仰々しい美辞麗句ではなかった。だからこそ、ガイゼルの無防備な心根が表れているようで――ツィツィーはいつも以上に困惑してしまう。

やがてガイゼルは、思いつめたような願いをぽつりと吐露した。

『……会いたい』

ツィツィーは最初、ガイゼルが実際に声に出したのかと思い、思わず顔を上げた。

だが心の中で紡がれた言葉であったことを察すると、ほっと胸を撫で下ろす。

しかしガイゼルの思いはとどまるところを知らなかった。

『ツィツィーに会いたい。声が聞きたい。髪に触れたい。笑う顔が見たい。抱きしめたい――』

（……！）

ツィツィーは真っ赤になった顔を隠すように、たまらず両手で口元を覆った。これ以上盗み聞きするのは陛下に悪い、と急いで踵を返す。

何より――ツィツィー自身が限界を迎える寸前だった。

ようやく自室に戻ったツィツィーは、困憊し息をついた。慌てて逃げ出したせいか、心臓はまだばくばくと拍打っている。何とか鼓動を落ち着かせようと両手で胸を押さえるが、一向に収まる気配はなかった。

（も、もっと眠れなくなってしまったわ……）

どうしよう、とツィツィーは背中を扉につけると、ぺたんと脱力するように座り込む。

その顔は林檎のように赤く色づいていた。

翌日の授業中、休憩時間になるのを見計らってから、ツィツィーは教育係に尋ねた。

「陛下について、ですか？」

「はい。良ければ教えていただけないでしょうか」

結局昨日は、あれからしばらく眠ることが出来なかった。

ベッドで悶々としていたツィツィーはその時ようやく、自分はガイゼルのことをあまりに知らなすぎると結論を出したのだ。教育係はふうむと顎に手を添えると、どこか苦慮した様子で口を開く。

「そう、ですね……やはり厳しい方という印象が強いかと」

「厳しい、ですか……」

「はい。おそらく理想とするやり方があるのでしょうが、……先代の皇帝陛下とは随分違われるようで」

先代皇帝、という単語にツィツィーはこくりと息を呑んだ。

ガイゼルの父親である先帝――故ディルフ・ヴェルシア。

彼の治世は侵略と蹂躙の歴史で塗りつぶされている。巨額を投じた軍隊と、彼自身の武技をもって、ヴェルシアの周辺国を次々と支配下に置いた。その数は歴代の皇帝たちの中で最多と言われ、ツィツィーの母国ラシーが恐れた所以でもある。

その先代皇帝が崩御し、ガイゼルが第八代皇帝に即位してから約一年。

あらかたの引き継ぎを終え、ようやく彼が中心となって国事を執り仕切るようになる――はずだった。

「ガイゼル陛下はある時突然、ディルフ様が進めていたすべての政策に対し、凍結と見直しを命じられました。従わない者の中には職を追われたり、替えられたりした者もいたとか」

「……」

「王宮内には、先代皇帝のお考えを支持する者もいまだ多くおります。ガイゼル陛下の横暴には従えないと、離反する貴族が後を絶たず……落ち着くにはもう少し、時間がかかるかもしれませんね」

彼が言葉を選んでくれているのが、ツィツィーにもよく分かった。

（陛下は今、とても難しい立場にあるのね……）

武勇に秀でた豪胆な性格で、慕う臣下も多かったという先代皇帝。その後継が容易でないことは、火を見るよりも明らかだろう。だがここ一カ月のガイゼルの仕事ぶりを見ていたツィツィーは、少しだけ違和感を覚えていた。

（毎日あれだけ熱心に仕事をしている人が、そんな乱暴なやり方を臣下に強要するものかしら？……でも私が無知なだけで、政治とはそういうものなのかもしれないし……）

もうよろしいですか、と教育係が切り上げ、ツィツィーは勉強を再開した。

今日はヴェルシアの北西に位置し、風光明媚な自然で有名な『イシリス』という国についての授業だ。

イシリスは先帝時代にヴェルシア領となった国で――という教育係の言葉をツィツィーは丁寧に書き綴る。相変わらず内容が多すぎて追いつけない部分も多いが、この成果のすべてがガイゼルに伝わっていると思うと、弱音を吐いている暇はない。

（が、頑張らないと……陛下に呆れられたくありませんし……）

その熱意は教育係にも伝わったのか、普段より充実した講義がなされた。時間を三十分ほど超過したところで、ようやく本日分の単元が終了する。

「お疲れさまでした。今日の妃殿下は随分熱心でしたね」

「え、は、はい！　その、少々思うところがありまして……」

「どんな理由であれ、学ぶことは素晴らしいことです。陛下もきっとお喜びになられるでしょう」

突然挟まれた陛下という言葉に、ツィツィーは思わず首を傾げた。

「陛下が、ですか？」

「はい。この勉強は元々、皇妃候補として定められた女性が、長い時間をかけて少しずつ履修していくものです。ですが妃殿下は他国より、しかも急な取り決めで皇妃として輿入れなさいました。ですのでわたしも、この量は厳しいのではと憂慮していたのです」

ですが、と教育係は言葉を区切った。

「陛下は『絶対に習得させろ』とランディ様に命じられたそうです。本当に甘えを許さない、厳しい御方だと思いましたね」

「そう、ですね……」

まただわ、とツィツィーは心に引っかかる何かを感じ取っていた。

先ほどは、夜遅くまで執務に当たる一方で臣下たちを冷遇する暴君。そして今は、人質の皇妃にまで徹底した教育を要求する厳格な皇帝。

だが昨日のガイゼルの本音を聞く限り、ツィツィーが無理をしていないかいちばん心配しているのもまた、彼自身なのだ。

（陛下は、一体何をお考えなのかしら……）

ツィツィーは言いようのない不安を抱えたまま、湧き上がる疑念を押しとどめるように、こくりと息を呑んだ。

その日の夜、夕食の席に向かったツィツィーは驚愕した。

「へ、陛下！　今日はお戻りになられていたんですね！」

次の瞬間、凍(こご)えるような寒さがツィツィーを襲(おそ)った。

何ごと⁉ と目を白黒させていると、むっすりとした表情のガイゼルが険(けん)のある声色(こわいろ)で告げる。

「なんだ？ 俺がいては不満か」

「と、とんでもありません！ すごく嬉しいです！」

ガイゼルのとてつもない悲しみの吹雪(ふぶき)に襲われるのを、ツィツィーはかろうじて回避(かいひ)した。どうやら波長が合いすぎると、心の声どころか、感情だけでも考えていることが分かるらしい。

二人が着席するとしばらくしてから、順番に料理が運ばれてくる。普段はいないガイゼルが同席しているためか、使用人たちの緊張はいつもの数倍に達していた。

そんな中、沈黙(ちんもく)を破るようにガイゼルの冷たい声が響(ひび)く。

「今日は何をしていた」

「ええと、イシリスの地理と歴史を学んでおりました」

「我が国(ヴェルシア)は多くの属国を抱えているからな。お前もこの国の妃(きさき)になるのであれば、そのくらいは知っていて当然だ」

『おい、もうそんなところまで進んだのか⁉ 本当にこのペースでやらせて大丈夫なのか……少しだけ量を減らさせるか？ このままではいつかツィツィーが体を壊してしまうのでは……だが式まで時間もないしな……』

（また私のことを心配してくださってる……）

はにかむように微笑むツィツィーを、ガイゼルは「ふん」と鼻で笑うように一瞥した。

傍から見れば、威圧的な夫と言いなりになる可哀そうな妻という図式だが、その実態がまるで違うことに、周囲で怯える使用人たちは気づいていないだろう。

やがて食事が終わり、二人はそれぞれ席を立った。いつものように自室に戻ろうとするガイゼルの背中を、ツィツィーは思わず呼び止める。

「あ、あの、陛下」

振り返ったガイゼルは怪訝そうに眉を寄せており、その迫力にツィツィーはひいと縮こまった。

（で、でも、こんな機会、次いつ訪れるか分かりませんし……）

教育係の話を聞いたツィツィーは、ガイゼルのことをもっときちんと知りたいと思っていた。しかしどう切り出せばいいのかと逡巡する。すると言葉に詰まったツィツィーの態度を疑問に思ったのか、ガイゼルの方から振ってきた。

「なんだ」

「え、ええと……」

「話があるなら手短に言え」

言うが早いか、ガイゼルは隣室のサロンへとツィツィーを促した。ようやく二人きりになれたものの、相変わらず空気は重たいままで、ツィツィーは焦りを募らせる。

だが窓辺から中庭を眺めているガイゼルを前に、ツィツィーはお互いを知るには今しかないと決心し――同時にいいのかしらと躊躇した。

(色々お話ししたいのですが……お仕事で疲れているでしょうし、早く休んでいただいた方がいいのでは……)

だがそんなツィツィーの懸念を一瞬で払うかのように、素知らぬ様子で横を向いていたガイゼルから、悶々とした心の惑いが流れ込んできた。

『くそっ……久々に晩餐に間に合ったというのに、緊張しすぎてまったく顔が見られなかった……。仕事を早め早めに切り上げてやっと作った時間だというのに、いったい何をしているんだ俺は……』

やっと作った時間、と聞いてツィツィーは心臓の音が高まるのを感じた。

昨日の夜、ガイゼルが愛おしむように口にしていた『会いたい』という言葉が、何度も何度も脳内で鮮明に再生される。

(陛下は本当に、私に会いたいがために、仕事を……?)

だが喜ぶツィツィーとは対照的に、段々ガイゼルの声に不安が交じり始める。

『しかし……ツィツィーは何故俺を呼び止めたんだ？　……まさか、いよいよ皇妃教育がつらすぎて、り、離縁を言い渡される……のか？』

（あれ、何だか誤解されているような……）

『確かにもう少しツィツィーと話がしたいとは思ったが、そういった内容であれば先に心の準備をさせてほしい。……いや待て、そんな準備したくもない。無理だ。絶対無理。はっ、そもそも大切な話であれば俺の部屋に誘ったほうが……いや違う。さらに警戒されるようなことをしてどうする。却下だ。それよりも皇妃教育で疲れているだろうし、早く休ませた方が……』

見当違いなガイゼルの思い込みに、ツィツィーは思わず口元をほころばせた。

（……今ならちゃんと、話せるかも）

やがてツィツィーはお腹に力を込めると、よしと気合を入れ直した。ガイゼルの元に歩み寄ると、そろそろと窺うように口を開く。

「あ、あの、ガイゼル様……良ければ少し、庭を歩きませんか？」

青々とした月明かりの下、本邸の中庭をツィツィーとガイゼルは歩いていた。

ガイゼルが先導するように奥へと足を向ける。そこには大理石で出来た立派な噴水があり、それを中心に四方に薔薇のアーチが並んでいた。

「こんな場所があったんですね……」

「知らなかったのか?」

「は、はい」

慌ただしくヴェルシアに入り、日々の勉強で目を回していたせいで、まったく気づいていなかった。わあ、と素直(すなお)に喜ぶツィツィーを見て、ガイゼルは小馬鹿にするように口角(こうかく)を上げる。

その態度に、一瞬むっと口をへの字に曲げかけたツィツィーだったが、すぐに聞こえてきたガイゼルの安堵の声に、一転して恥じらいを滲(にじ)ませた。

『良かった……やっと笑ったな。絶対にツィツィーはここを好きだと思ったんだ』

(……うう、ほんとに分かりません……)

少し離れた位置にある東屋(あずまや)に向かうと、二人は少し離れて腰を下ろした。薔薇園に視線を向けるガイゼルを横目に、ツィツィーはどう切り出すべきか苦慮する。

(話したいことはたくさんあるけれど……一体どう尋ねたらいいのかしら?)

どうして臣下や使用人たちに冷たく当たるのか。どうして態度と本音が明らかに違うのか。どうして厳しい皇妃教育をツィツィーに課しているのか。

どうして――そんなに私を大切に思ってくれるのか。

(なんて……聞けるはずがない……)

うっかり変なことを口走ってしまいそうになり、ツィツィーはむぐと唇(くちびる)を噛んだ。

夏の爽やかな夜風が吹き渡り、ざざと軽やかな音を立てる。サラサラとしたガイゼルの髪が弄ばれ、同時に寂しそうな横顔がツィツィーの目に映った。

やがてガイゼルがそっと口を開く。

「つらくは、ないか？」

「え？」

「お前がきついようであれば、量を減らさせるが……」

ツィツィーは最初、何のことを言われているのか理解出来なかった。だがすぐに皇妃教育のことだと気づき、ぶんぶんと首を振る。

「だ、大丈夫です！　確かに最初は少し大変でしたけれど、知らないことを学べるのは、純粋に楽しいですし……」

「そうか？　俺はあまり好きじゃないが」

「え⁉　ガイゼル様がですか」

「当たり前だ。俺をなんだと思っている」

意外な返事に、ツィツィーは思わず笑みを零した。ガイゼルが意外と子どもっぽい顔をするのが面白く、ついつい話を続けてしまう。

「興味深いですよ。今日勉強したのも――ええと、イシリスという国についてなんですけど、すごく綺麗なところらしくて……」

習ったことを思い出しながら、ツィツィーはたどたどしくガイゼルに説明した。きっとガイゼルにとっては知らないはずのない知識なのだが、遮ることなく穏やかな顔つきでツィツィーの言葉に聞き入っている。

やがてツィツィーの授業が終わると、ガイゼルはにやりと音のしそうな笑みを浮かべた。

「なるほど。どうやらちゃんと教師の話を聞いているようだ」

「あ、当たり前です！　きっと、素敵な場所なんでしょうね……」

まだ見ぬイシリスへ思いを馳せるツィツィーを、ガイゼルは何かを思案するように見つめていた。やがて言葉にならない思いが、ツィツィーの心だけに届く。

『良かった……課題が嫌になったわけじゃなかったんだな……。それどころか、こんなに懸命に取り組んでくれているとは……』

（陛下……？）

『本当は俺が何もかも、すべてから守ってやれたらいいんだが……皇妃ともなれば、一人で闘わなければならない場面も出てくるだろう。そんな時にこれが、ツィツィーの助けになってくれればいいが……』

その言葉に、ツィツィーは胸が締めつけられるようだった。

（そうか……皇妃教育は、『本当に』私のためだったんだわ）

もしもガイゼルがツィツィーを名前だけの皇妃だと思っているならば、わざわざ教育係をつけて、十数年分の教養を詰め込ませる必要はない。むしろ余計な知恵をつけさせて禍いを招いてしまうよりは、わざと無知のままでいさせる方法もあっただろう。

だがガイゼルは、ツィツィーに最高の教育を受けさせるよう指示した。それはガイゼルが本当にツィツィーを『第一皇妃』として、自らと共に歩く相手として、望んでいる証拠なのだ。

「――風が出てきたな。戻るか」

夏とはいえヴェルシアの夜は冷えることが多く、ツィツィーはガイゼルのその言葉に、惚けていた意識をはっと取り戻した。慌てて返事をしようとするが、目の前に差し出されたものを見て、しばし硬直する。

（陛下が、手を……）

男性が女性に対してエスコートするのは自然なことだ。

だが相手はあの『氷の皇帝』。おまけにその手がガイゼルのものであると意識した途端、ツィツィーは昨夜の盗み聞きを思い出してしまい、みるみるうちに赤面してしまった。

するとガイゼルは視線をそらしたまま、かすれるような声を漏らす。

「……ッ、……」

「……？」

「……」

「ガ、ガイゼル様？」

「……何でもない」

何かを言いかけたガイゼルの顔は、すぐ渋面に変わった。差し伸べていた手を引っ込めたかと思うと、苦々しい表情のままツィツィーを残し、さっさと東屋を出て行ってしまう。

（え、ど、どういうこと⁉）

あまりの変わり身に困惑しながらも、ツィツィーはガイゼルを追いかけた。するとさっさと前を歩く背中からは想像もつかないほど――しょんぼりとしたガイゼルの心の声が、風とともにツィツィーの中に舞い込んでくる。

『くそっ、だめだ、どうしても呼べない……！　もう一カ月にもなるというのに……。どうしてツィツィー、と。たったそれだけなのに、どうして俺は呼べないんだ……情けない……』

その言葉に、ツィツィーはようやく合点がいったとばかりに目を見開いた。

（そういえばまだ、面と向かって名前を呼ばれたことはなかったわ……）

心の声では何度も聞いていたので、まったく気にしていなかった。理由がはっきりするとなんだか嬉しくなり、ツィツィーは少しだけ歩調を速める。

「ガイゼル様」

「なん、……だ」

そのままガイゼルの隣に並んだツィツィーは、そっと彼の手に指先を絡めた。

突然のことに言葉を失うガイゼルを見て、初めて素の彼に会えた気がしたツィツィーは、勇気を出してぎゅっと力を込める。

「せっかくなので、こうして帰りませんか？」

「――ッ」

するとガイゼルは可とも否とも言わず、ぐい、とツィツィーの手を強く握り返した。

足早に進んでいくガイゼルに引っ張られるツィツィーだったが、彼の耳が真っ赤になっていることを発見し、心がふわりと浮き立つのが分かる。

（さっき、もし本当に……）

あのままガイゼルが名前を呼んでくれていたら、と想像してみる。

笑って言うのか。それともいつものように冷たい顔なのか……。いずれにせよ、彼の口からツィツィー、と零れる様が気恥ずかしくなり、ツィツィーは遅れて頬を赤くした。


それから数日が経過した。

ガイゼルは相変わらず多忙らしく、二人きりで話すことが出来たのはあの夜だけだ。

（もう少し、色々とお話ししたかったのだけれど……）

だがあの時ガイゼルの本心を聞けたこともあり、ツィツィーはより熱心に勉強に取り組むようになった。今日も午前中はみっちりと教育係の指導を仰ぎ、午後からはダンスという過密さだ。

ツィツィーも小国ながら王族ではあったので、一通りダンスの形は学んでいた。だが今後社交界に出る時は『第一皇妃』という立場がある。皇帝陛下と共に踊るのに、無様な姿は見せられない。

（……さすがに、ずっと同じ姿勢を続けていると大変ね）

夕方、レッスンを終え自室に戻ったツィツィーは、流れ出る汗を拭いながら結んでいた髪を解いた。リジーにドレスの着替えを手伝ってもらい、そのまま鏡台の前へと腰を下ろす。

下ろした髪をリジーが丁寧に梳る様をツィツィーは何とはなしに見ていた――が、途中で髪にひっかかったのか、くいと引かれる感触に思わず目をしばたたかせる。

「も、申し訳ございません！」

同時にもの凄い勢いでリジーが頭を下げた。その様子に少々驚きながら、ツィツィーはすぐに首を振る。

「リジー、大丈夫です。痛くなかったですし、よく絡まるんです。ごめんなさい」

「妃殿下が謝られることなんてありません！　どうしましょう、御髪に傷がついていたら、私……！」

「このくらい平気です。そ、そんなに怯えなくても……」

「いいえ！　絶対に陛下に……ああ、私、……どうしたら……」

（ど、どうしましょう……）

尋常ではないリジーの様子に、ツィツィーはさらに困惑した。まるで大罪を犯したかのように蒼白になる彼女を前にあわあわと逡巡する。とにかく取り乱すリジーを落ち着かせなければ、とツィツィーはそっと目を瞑った。

（……ごめんなさい、少しだけ）

ツィツィーはリジーの心の声を探るように、軽く左手を上げた。気づかれないくらいの動きで、指を曲げて微調整していく。するとある一点で、かすかに彼女の心の声が聞こえてきた。『受心』成功だ。

『ツィツィー様には絶対失礼のないよう、陛下からきつく言い渡されていたのに……！　ごめんなさい、お父様、お母様、私もう家に帰れないかもしれません……一体どんな罰を下されるか……』

その震えるような声色で、ツィツィーはすぐに納得した。ほとんど泣き顔になっているリジーの手を握りしめる。

「大丈夫。陛下には何も言いませんから」

「……！　で、でも」

「こんなことくらいで怒ったりしないわ、きっと」

だが彼女の震えは止まらない。気のせいか、手もひどく冷たくなっている。

「そんなに、陛下のことが怖い？」

「……」

「……ごめんなさい、答えられないわよね……」

どうにかリジーの気持ちを楽にしてあげたいと苦慮するツィツィーだったが、やはりなだめるのは難しいようだ。仕方なく「本当に気にしないで」と慰め、他の使用人に彼女を任せる。

改めて髪を結い直してもらいながら、鏡に映る自身の姿をぼんやりと見つめた。

（相変わらず陛下は、皆から怖がられたままだわ……）

ガイゼルがどれほど厳しい態度を見せていても、ツィツィーは彼の本心が同時に聞こえるので恐怖を感じたことはない。だがそれを知らない者は『常に怒っている』と判ずるのが普通だろう。

（私に対してあんなに優しいのだから、きっと使用人のことも大切にされていると思うのだけど……）

しかし教育係が言うように、臣下たちにつらく当たったという噂もある。おまけにツィツィーの見立ても『心の声が優しいから』という根拠のないものなので、どれほど説明したところで信じてもらえるはずがない。

どうしたものか、とツィツィーは一人ため息を零した。

その日の夜、珍しくガイゼルが夕食の席に現れたことで、ツィツィーはぱあと心を浮き立たせた。その一方で使用人たちは、いつ切れてもおかしくない、非常に危うい緊張の糸を張り巡らせている。

食前酒のあと、前菜を食べ終えたツィツィーはカトラリーを皿の端に寄せた。ガイゼルも合わせてフォークを置き、控えていた使用人がすぐに皿を下げに近づく――その時だった。

「――お前」

突如鋭く飛んだガイゼルの声は、ツィツィーの後方――他の使用人たちと共に並び立つリジーに向けられていた。その瞬間、先程の出来事が脳裏をかすめ、ツィツィーは思わず目を丸くする。

（待って？　彼女のことは私、誰にも言っていないのに）

びくりとリジーが肩を震わせるのを見て、ツィツィーもまた息を呑む。するとガイゼルは冷然とした眼差しで短く言い捨てた。

「今すぐ下がれ」

「……」

「聞こえなかったのか、下がれ」

「お待ちください陛下！　彼女は別に何も」

「黙れ。下がれと言ったんだ」

思わず割って入ったツィツィーだったが、ガイゼルの返事はにべもないものだった。

言われたリジーの顔は気の毒なほど青ざめており、ツィツィーが言葉を紡ぐ間もなく、奥へと下がっていく。

「陛下、どうして――」

さすがに酷い、とツィツィーが反論しようと立ち上がった時、ぶわりとガイゼルの心の声が流れ込んできた。

『――先ほどの侍女、リジーといったか。顔色が悪すぎる。おそらく熱があるのだろう……最近街で悪い風邪が流行っているからな……変にこじらせなければいいが』

（えっ……？）

ツィツィーは言いかけていた言葉を、そのまま呑み込んだ。ガイゼルの態度は相変わらずで、黒髪の向こうから切れ長の目でツィツィーを睨みつけている。

「なんだ。俺の言うことに逆らうのか」

「……いえ、何でも、ありません……」

上げた腰をそろそろと椅子(いす)に戻す。先ほどのリジーの様子を思い出しながら、ツィツィーはそうだったのね、と自身の情けなさに打ちのめされていた。

(全然気づかなかったわ……あんなに近くにいたのに)

髪をひっかけてしまったのは、体調のせいだったのかもしれない。手まで握ったのに気づいてあげることが出来なかった。

しかしガイゼルは、一目で彼女の様子がおかしいことを見抜いたのだ。

(それなのに私は、心を読んで解決したとばかり……本当は何も分かっていなかったのに……)

ツィツィーは一人、テーブルの下で両手を握りしめた。

食後、部屋を抜け出したツィツィーは使用人たちの宿舎へと向かった。

突然の訪問に使用人たちは驚いた表情を見せたが、ツィツィーの必死な様子にすぐに中へと案内してくれる。

「リジー、具合はどう？」

「妃殿下⁉　どうしてこのようなところに⁉」

ベッドから飛び起きそうな勢いのリジーを押しとどめ、脇にあった椅子にツィツィーは腰かけた。よく見るとリジーの顔は赤く、目も潤んでいる。まだ熱は下がっていないようだ。

「あなた、今日ずっと熱があったのね？」

「ど、どうしてそれを……」

「陛下が教えてくださったのよ」

正確には心の声を聞いただけなのだが、そこは黙っておくことにする。ツィツィーの言葉に、リジーは驚いたようにぽかんと口を開けていた。

「陛下が、……ですか？」

「ええ。……近くにいたのに、気づいてあげられなくてごめんなさい。これ、料理長に言って作ってもらった飲み物なの。蜜と薬草が入っているわ。体が温まるから、少しは違うかと思って」

ツィツィーが持ってきた薬湯のコップを両手で握りしめたまま、リジーは言葉を失っているようだった。やがて艶々とした目から大粒の涙が零れ始める。

「私、熱があるなんて、言えなくて……体調管理も仕事のうちですし、どうにか隠しておこうと……なのに失敗ばかりで……」

それ以上は声にならなかった。

泣きじゃくるリジーの背中を、ツィツィーはよしよしと撫でる。

(良かった……陛下のおかげで、少しは助けになれたかもしれないわ)

やがて泣き疲れたリジーは薬湯を飲むと、ベッドに横になった。ごめんなさい、ごめんなさい、と何度も呟く彼女が眠りに落ちるまで、ツィツィーは優しく手を握り続けていたのだった。


リジーが寝入ったあと、ツィツィーは長い廊下を移動していた。突き当たりの角を曲がる。以前は入ることが出来なかったガイゼルの私室を目前に、はあーっと息を吐き出した。

(大丈夫、勇気を出すのよ!)

コンコンと扉を叩く。短い返事を確認してから、おずおずと扉を押し開いた。あの時はどれだけ重い鉄の壁かと怯えていたはずなのに、意外なほど簡単に漏れ出した光に、ツィツィーは少しだけ目を輝かせる。

中には執務机で仕事をこなすガイゼルがおり、ツィツィーの姿を見た瞬間、驚いたように目を見張った。

「どうした、こんな時間に」

「あの、良ければお飲み物をと……」

実はリジーの薬湯を頼んだ際、ツィツィーはこっそりと、ガイゼルへ届ける飲み物も相談していた。料理長は最初「そんなことをして万一不興を買ったら……」と不安そうだったが、ツィツィーの熱心な様子に最終的には力を貸してくれた。

突然現れたツィツィーに、ガイゼルは訝しむように眉を寄せていた——が、その心中はツィツィーの方が恥ずかしくなるほど浮かれ上がっている。

『驚いた……天使が聖杯を持ってきたのかと思った……。そもそも何故俺の部屋にこんな時間に？　いや夫婦なのだからおかしいわけではないが、（あー嬉しい）ツィツィーは少し無防備なところがあるから、深夜に異性の部屋に行かないように（あー可愛い）言っておくべきか……』

（陛下……いよいよ心の声が複数に……）

よほど動揺しているのか、二つの心の声がごちゃ混ぜになっている。ツィツィーはつい笑ってしまいそうになるのを堪え、そっと盆を差し出した。

載っているのは蜂蜜酒。以前ガイゼルに何度か頼まれたことがあるという、料理長の記憶を元に調合してもらった特別製だ。ただし深夜なので少し薄めに割っている。

喜びに沸き立っているガイゼルは、その片鱗を一切見せないまま、無言でグラスに口をつけた。ほっとするツィツィーに対し、無表情のまま資料に目を落としている。

「あの、ガイゼル様……ありがとうございました」

「なんのことだ」

「リジーの……私の侍女のことです。体調を崩していたことに気づかれていたんですね」

「……ただの偶然だ」

ふん、といつものように冷たく鼻で笑われる。だがツィツィーは嫌な気持ちどころか、口元が緩んでしまうのを止められなかった。

(陛下はきっと、私以上に周りの人をきちんと見ているんだわ……)

でもそれはすごく不器用な優しさで。素直に言えばきっとみんな喜んでくれるだろうに――と思いつつ、ツィツィーはとても『ガイゼルらしい』と目を細める。

やがてグラスは空になり、ガイゼルは素っ気ない態度でツィツィーに戻した。

「料理長に言っておけ、前の味が好みだったと」

「……はい！」

誰に頼んだとは言っていないのに、とツィツィーはぐっと言葉を呑み込む。でも伝えたらきっと喜んでくれるだろう。

明日の朝が待ち遠しい、とツィツィーは嬉しそうに微笑んだ。

翌朝、一番に厨房に向かったツィツィーは、昨日の礼とガイゼルの言葉を料理長に伝えた。最初はぽかんとしていた料理長だったが、突然雄々しく男泣きし始めてしまい、他の料理人たちから心配されての大騒動になってしまった。

そんなやりとりから数刻後、朝食の席で突然ガイゼルが告げる。

「今日は視察に出る。お前も来い」

「視察、……ですか？」

「ああ」

ツィツィーは思わず首を傾げた。

というのも、今までガイゼルの仕事に同行したことはなかったからだ。

（まだ正式なお披露目式も終わっていないのに……仕事の場に？）

ガイゼルはツィツィーのことを『第一皇妃』として扱ってくれているが、ラシーからの人質程度にしか思っていない人間もまだ多くいるはずだ。そんな皇妃を公務に関わらせたり、国家の中枢に近づけたりはしないだろう、と勝手に思い込んでいた。

少しは認めてもらえたのかしら、とツィツィーはわずかに胸を躍らせる。

「どちらに行かれるのですか？」

「イシリスだ」

「イシリス！」

記憶に新しいその名に、ツィツィーは破顔した。本でしか知らなかった知識を実際に確認することが出来る、とツィツィーは気持ちを逸らせるが「行きたいです」という言葉を一度ぐっと呑み込む。

「ですが、その……お仕事の邪魔になるのではありませんか？」

「お前ひとり増えたところで、何も変わらん」

なんだか複雑な表情のガイゼルに、ツィツィーは疑問符を浮かべた。だがいつものように流れてきた心の声に、すぐにすべてを理解する。

『――い、行ってみたいようだったから、誘ってみたが……やはり視察という言い方が回りくどかったか……。だが旅行に行こうと言って断られたら、俺は三日ほど立ち直れんぞ……。ランディ、こういう時はどうしたら良かったんだ……』

ツィツィーは思わず噴き出しそうになってしまった。それに気づいたガイゼルは、先ほどより一層険しい顔つきでこちらを睨みつけてくる。

使用人たちが真っ青になる一方で、ツィツィーは嬉しそうに「是非、ご一緒させてください」と応じた。

朝食を終えたツィツィーは、自室に戻ってすぐに着替えを始める。

土地柄、切り立った崖や狭い山道の多いイシリスは、馬車での移動が難しいらしく、ガイゼルと護衛数人で騎馬で移動すると言われたためだ。

脚衣は用意がなかったので、出来るだけ動きやすいドレスを探し、襟と袖に淡い色合いの毛皮をあしらった羊毛の白い外套を羽織る。

着替えを終えて外に出ると、そこにはすでに準備を終えたガイゼルが、立派な黒馬に乗って待機していた。見上げるようなその高さにツィツィーが圧倒されていると、慣れた様子でガイゼルが手を伸ばす。

ツィツィーが誘われるようにその手を摑むと、使用人が急いで小さな階段を運んできた。二～三段上り、ガイゼルに引き上げられるように馬上へと腰を据える。

ガイゼルの腕の中に、すっぽりと包まれるように横座りしたところで、ガイゼルがツィツィーを見下ろした。

「馬に乗ったことはあるか」

「先生と一緒になら何度か……でもこんなに大きな馬は初めてです」

「では落ちないよう、せいぜい必死に摑まっていろ」

ふん、と馬鹿にしたように笑うガイゼルだったが、心の声は相変わらずだ。

『――近くで見るとまたおそろしく可愛いな……おまけにいい匂いがする……それに軽い。本当に人間か？　天使か妖精じゃないのか？　というか、つい俺の馬に乗せてしまったが、嫌じゃなかったか⁉　落ちないようにというか、死んでも落とすわけがないが……』

「は、はい！」

溢れ出る心の声に恥ずかしくなったツィツィーは、なかば断ち切るように返事をした。それで一旦落ち着いたのか、ガイゼルがゆっくりと馬の腹を蹴る。蹄が軽く音を立て、冷たい風を切って走り始めた。鞍があるとはいえ、馬の背は不安定で振動も大きい。

一瞬大きく左に揺れ、ツィツィーはたまらずガイゼルの胸元を掴んだ。あ、と声をあげたあと、失礼ではなかったかと恐る恐るガイゼルを仰ぎ見る。

すると彼は「軟弱だな」とでも言いたげに眉を上げていた。普通の貴婦人であれば、気分を害するかもしれない。だがツィツィーは心の声を聞いて、思わず緩んだ口元を押さえるのに必死だった。

『ツィツィーが、俺に、抱きつい……!? ……いや違う、これは事故だ。うぬぼれるな俺。バランスを崩したから手を伸ばしただけで、そう、俺は壁と一緒だ。それか手すり。しかしこの働き、我が愛馬に伯爵の位を与えたいくらいだ。少し速度を出しすぎたか？……いや、でも、……このままでも別段悪くない。むしろ良い。このままで行きたい』

「……何を笑っている」

「な、なんでもありません」

「余裕か。ではもう少し飛ばしても大丈夫だな」

ガイゼルは踵にあった拍車を馬の横腹に押しつけ、さらに速度を上げる。

移動中、ずっと先ほどの調子で心の声が聞こえてきたらどうしよう、と不安だったツィツィーだったが、どうやら乗馬に集中し始めたのか、ガイゼルの声は次第におとなしくなっていった。それを察し、ツィツィーもまた安心して身をゆだねる。

やがて太陽が頭上に輝く頃(ころ)、ガイゼル率いる一行はようやく目的のイシリスに到着した。手綱(たづな)を引いて馬の脚を止めたガイゼルは、そのままするりと地へ降り立つと、ツィツィーに向かって無言で腕を伸ばす。その高さに少しだけ怯(ひる)んだツィツィーだったが、そろそろと彼の手を取った。

力強く引っ張られたかと思うと、ほとんど衝撃(しょうげき)もなく、ガイゼルの腕の中に抱きとめられる。そっと足から下ろされたところで、ツィツィーはようやく一歩を踏(ふ)み出(だ)した。

「ここが、イシリス……」

ツィツィーは、目の前に広がる景色に息を呑んだ。

遠くには霞(かすみ)がかった山々がまるで白馬の背を描(えが)くかのように並んでおり、深緑の針葉樹林に囲まれた湖は白くかすかな漣(さざなみ)を浮かべている。透明度(とうめいど)が高いのか、泳ぐ魚の背びれが見えており、ツィツィーは興味深げにそれらを目で追いかけた。

「ナガマ湖だ。冬になると底まで凍(こお)る」

「この大きな湖がですか？」

「ああ」

ツィツィーは水辺へと足を進め、恐る恐る覗(のぞ)き込(こ)んだ。水底(みなそこ)の方は光が届きにくいのか深い青色をしており、その神秘的な美しさに思わず胸が高鳴る。同時にツィツィーは先日の授業を思い出していた。

イシリスの気候は厳しく、特に冬は生命を脅かすほど極寒になるらしい。夏は農業、冬は狩猟と工芸品で生計を立てている。小さな王都と、山間部に点在するそれぞれの集落から成る共同体だ――と。

「あの山を越えるとイエンツィエがある」

「イエンツィエ……」

イエンツィエは、大国ヴェルシアに比肩する巨大国家だ。海に面しているため交易路が発達しており、ヴェルシアにはない珍しい宝石や織物が名産だと聞いたことがある。

文字だけだった知識に、血肉が与えられていくような感覚を覚え、ツィツィーは今までにない感動を味わっていた。ラシーにいた頃のツィツィーは厄介者扱いで、しっかりとした教育を受ける機会に恵まれなかったからだろう。

「何を呆けている。来い」

ツィツィーがはっと気づいた時には、ガイゼルは一人さっさと湖畔の先に足を進めていた。慌てて追いかけると木々の奥に一棟の建築が現れる。白を基調とした外観で、上下に花の細工の施された太い柱が何本も並んでいるのが特徴的だ。

「ガイゼル様、ここは……」

「別邸だ」

「……ええっ！」

「行くぞ」

イシリスは、戦によってヴェルシアの支配下になった属国の一つだ。皇帝であるガイゼルのための邸があっても不思議ではない——が本邸とさほど変わらない、下手をすればそれ以上の大きさのある建物を前に、ツィツィーは改めてガイゼルの格というものを思い知らされる。

「皇帝陛下、ようこそお運びくださいました」

別邸に入ると、こちらの管理を任されているという使用人たちが出迎えてくれた。通された部屋に入ったツィツィーは再び感嘆の表情を浮かべる。

「湖が、目の前に！」

その部屋は、壁の一辺が全面窓として造られていた。ガラス越しに湖の上に乗り出すようにした幅広のテラスが設えられており、小さいが可愛らしいソファとテーブルがちょこんと並べられている。ツィツィーが窓を開けると、水面を走る爽やかな風がさあっと流れ込み、まるで部屋全体が湖面に浮かんでいるかのようだった。

感動のあまり言葉を失うツィツィーをよそに、ガイゼルは早々に扉へと戻っていく。

「俺は仕事に行く。何かあれば使用人に言え」

「あ、はい！　いってらっしゃいませ」

「ああ」

ツィツィーが微笑んで見送るのを、ガイゼルはじっと睨みつけていた。何かあるのだろうか、とツィツィーは身構えたが、やがて踵を返して部屋から立ち去る。

しかし扉を閉める一瞬、愚痴めいた心の声がちらと聞こえてきた。

『ランディ……視察ついでにこんなに仕事を入れる奴があるか！　おかげで俺はツィツィー一人を残して出かけなきゃならんじゃないか……』

バタン、と扉が閉じられると同時に心の声は途切れる。ガイゼルのあまりに悲しそうな心の声色に、ツィツィーは思わず笑みを浮かべてしまった。

（相変わらず忙しそう……何か、私にも出来ることはないかしら）

白波を立てる水面をしばらく眺めていたツィツィーだったが、やがて何かがひらめいたように、使用人たちの元へと向かった。

ガイゼルの仕事は予定よりも時間がかかったらしく、別邸に戻ってきたのは陽が落ちて随分と経ってからだった。遅めの夕食を終え部屋に戻ってきたものの、ツィツィーは緊張で鼓動が速まるのを感じる。

（だ、大丈夫、せっかく準備したのだし……）

よし、と気合を入れてガイゼルに尋ねた。

「あの、ガイゼル様」

「なんだ」

「良ければ、テラスに出てみませんか？」

「……ふん、呑気なものだな」

きい、と高い音をさせながら窓を開く。昼間とは違う、湿度（しつど）の高いひんやりとした風が頬を撫で、ツィツィーは気持ちよさそうに目を細めた。空には薄く雲がかかっており、朧月（おぼろづき）がぼんやりと浮かんでいる。

無言のままソファに座り込んだガイゼルを確認し、ツィツィーは一旦部屋へと入った。だがすぐに戻ってくると、ガイゼルの前にそっと空（から）のグラスを二つ並べる。

顔を上げるガイゼルを見て、薄緑色（うすみどりいろ）のボトルを持ったツィツィーは微笑んだ。

「なんだこれは」

「ヤシカ、というこの地方で作られているお酒だそうです。イシリスについて習った際に、先生から教えていただきまして」

「わざわざ探してきたのか」

「はい！　……その、ガイゼル様はお酒が好きかと思いまして……」

先日の蜂蜜酒のことを言っているのだと、ガイゼルもすぐに気づいたようだった。ふ、と短く笑うと、試（ため）すような視線で空のグラスを手にする。

「いただこう」

ぱあ、と顔をほころばせたツィツィーは、すぐにとくとくと琥珀色の液体を注いだ。グラスの中で小さな泡が浮かび上がるのを見て、ガイゼルは軽く一口であおる。一瞬で空になった器を前に、ふんと尊大な笑みを浮かべた。

「水だな」

「そ、それなりに強いお酒と聞いたのですが……」

飲んでみろと促され、ツィツィーも自身のグラスに口をつける。だが舌に触れた瞬間、しゅわりとした炭酸の刺激と度数の高いアルコールの感覚があり、すぐに口を離した。

「私はあまり、飲めなさそうです……」

「軟弱だな」

にやりと笑ったガイゼルは、ツィツィーが持っていたグラスを奪うと、傍にあったボトルも手に取った。そのまま手酌で注ぐと二杯目も簡単に飲み干していく。

だがグラスが空になったところで、はたとガイゼルの手が止まった。どうしたのだろうとツィツィーが首を傾げていると、普段より小さな心の声が聞こえてくる。

『しまった……間接キスになってしまった……。いや、ツィツィーが気づいていないなら大丈夫か？　べ、別に狙ったわけじゃないんだが、もしわざとだと、……気持ち悪いと思われていたら……』

そんなことを気にしていたのか、とツィツィーもつられて恥ずかしくなる。心の葛藤を聞かれているとも知らないガイゼルは、照れを隠すかのように続けて杯を重ねた。

少しペースが速いのでは、と心配になったツィツィーはそっと席を立ち、水差しを取りに向かう。

（仕事でお疲れでしょうし、無理をさせてはいけないですよね……）

だが本邸では二人だけで過ごす時間があまりないため、もう少しだけ一緒にいたいとついつい考えてしまう。だめだめ、と雑念を振り払いながらテラスに戻ってきたツィツィーは、頭上に広がる景色を仰ぎ見て、思わずわあと口を開いた。

少し強い風が吹き、空を覆っていた雲がゆっくりと晴れる。すると湖面全体が鏡のようになり、白銀の月が二つ姿を現した。

上を見ると、零れ落ちそうな星空の中央に、真円に近い月が煌々と。下を見ると水面にくっきりと月影が映り込んでいる。そのあまりに美しい光景に、ツィツィーはしばし心を奪われていた。

「――見事だろう」

突然ガイゼルから話しかけられ、ようやくツィツィーは我に返った。

「は、はい！　本当に、すごく綺麗です……」

「今は夏だが、春のイシリスはもっと素晴らしい。数えきれないほどの花がそこら中に咲く」

ツィツィーは思わず、色とりどりの色彩で溢れたイシリスの地を想像した。

一面の白雪から、極彩色の絨毯に変貌する——その美しさを思い描くだけで、自然とツィツィーの顔がほころぶ。

水差しをテーブルの上に置いたあと、長椅子に座るガイゼルの隣に、ツィツィーはそっと腰を下ろした。

「きっと素敵でしょうね。その時に、もう一度来てみたいです」

「……そうだな。本当は……それだけで十分だったはずだ」

「……？」

「ヴェルシアとイシリスは元々友好国だった。この邸も曽祖父の時代に、イシリス王から譲り受けたものだったと聞く」

ざあ、と湖上を走る風が、ガイゼルの髪を揺らす。

「だが父上は、それでは満足出来なかった。イシリスの持つすべてを我が物にしたくなり——この土地を奪った……そう聞いたことがある」

ガイゼルの口調が強張ったのが分かり、ツィツィーはこくりと息を呑んだ。

イシリスが、ディルフ帝の時代にヴェルシアの支配下に置かれた国であるとは知っていたが、そんな私的な理由で他国を侵略したとは、誰も思わないだろう。

戸惑うツィツィーをよそに、ガイゼルは静かに言葉を続けた。

「領土を拡大し、文化や言語を統一することで、より強い国を作る――聞こえはいいが、結局私欲のために無理やり奪い取っているだけに過ぎん」

「……」

「そういう俺も、あの男と同じ血が流れていることに変わりはないが」

二人きり、そして王宮から離れているということが影響しているのだろうか。ガイゼルは訥々と自らのことを語り始めた。どこか寂しそうなガイゼルを前に、ツィツィーは懸命に言葉を選ぶ。

「……嫌、なのですか？」

口にしたあとで、ツィツィーは余計なことを、と己を恥じた。

だがガイゼルは怒るでもなく、低く沈んだ声で短く呟く。

「さあな」

その返事はまるで、迷子の子どもが親を捜しているかのような、ごく頼りないものだった。そのままガイゼルは口を閉じたが、彼の心の声が静かにツィツィーの胸に流れ込んでくる。

『俺は……あの男と同じになりたくはない。争い以外にも、国を生かす方法はあるはずだ。……だが、それで納得する奴ばかりじゃない……俺はどうしたらいいんだ……』

ツィツィーはそっと、無言のまま視線を落とすガイゼルを見つめた。意志の強い濃青色の瞳は陰っており、長い睫毛が物憂げに影を落としている。

その姿は不安を抱えた、とても脆い存在に見えた。

（もしかして陛下は……一人で戦っているのかしら……）

教育係に事情を聞いた時、ツィツィーはその話し方にどことなく違和感を覚えていた。

あの時は言葉を選んでいるだけかと思ったが、おそらくあれは――ガイゼルを非難する意図が、うっすらと込められていたのではないかと今更に気づく。

先代皇帝のやり方は、多くの富と領土をヴェルシアにもたらしたのだろう。その利益を享受する貴族たちは、きっと彼がいなくなったあとも同じように他国を侵略せよ、支配下に置けと望んでいるはずだ。

だがガイゼルはそれを拒絶している。

先代が進めていた政策を中断させ、時には強引な方法で止めさせた。もちろん貴族らから見れば何を勝手な、と憤慨するところだろうが、見方を変えるだけでそれはまったく別の意味を持つ。

（だから、いつもあんなに厳しい態度で……？）

今は亡き先代皇帝――その亡霊が巣くう王宮で、ガイゼルは必死に自身の信念を貫こうとしている。味方のいない王宮で一人立ち振る舞うには、きっとどんな相手に対しても、隙を見せることは許されなかったのだろう。

冷酷で恐ろしい、と他国にまで広まるほどの彼の言動は、自らを守るために作り出した鎧だったのかもしれない。

たまらずツィツィーは、うつむくガイゼルの手を取った。

「――私は、ガイゼル様の味方です。だからどうか、ご自分の気持ちを大切になさってください」

「……」

ガイゼルは伏せていた瞼をゆっくりと持ち上げた。深い青色の瞳が、ツィツィーを真っ直ぐに射貫く。それは普段見せる睥睨ではなく、自らの気持ちを探りながらも言葉が出ない――そんな戸惑いを孕んだ眼差しだった。

だがすぐに、自信に溢れたいつもの笑みに変わる。

「――お前に言われるまでもない」

ガイゼルがくく、と愉悦の色を浮かべるのを見て、ツィツィーは安堵したように息をついた。やがてガイゼルは、何かを思い出したかのように、空いていた方の手で上着を探った。取り出されたのは布張りの小さな箱。

「開けてみろ」

受け取ったツィツィーは言われるままにそれを開いた。中には銀の指輪が収められている。石座についているのは綺麗な薄青色の宝石。ツィツィーの瞳によく似た色だ。

「やる」

「え⁉　でも、高価なものなのでは……」

「イエンツィエの、それも王族しか持てない石らしい」

その言葉にツィツィーは目を丸くした。

「こ、困ります、そんな貴重なもの」

「俺の妻ともあろう者が、そこらの奴と同じ安物を身に着けるのか？」

そ、そういうわけでは……と困惑するツィツィーの左手を、今度はガイゼルの方が掴んだ。するりと薬指に光が走り、気づけばツィツィーの手に先ほどの指輪が輝いている。

「勝手に外すな。これは命令だ」

「は、はい」

『これで万一ツィツィーの顔を知らない奴が来ても、虫除けくらいにはなるだろう。……しかし、やはり石が大きすぎたか？　ツィツィーは華美を好まないと知ってはいたが、……イクスの水晶やアガサのアクアマリンの方が良かったか……帰ったら商人を呼びつけて、ツィツィーの好きな石であと二、三個作らせても……』

「あ、ありがとうございます！　この指輪だけを肌身離さず着けます！」

大変なことになる、とツィツィーは指輪を嵌めた左手を広げて、嬉しそうに微笑んだ。

その様子に満足したのか、ガイゼルは自身の右手をツィツィーの手にそっと絡める。指先まで覆い隠されてしまうような大きな手に包まれて、顔が熱くなるのを感じていると、ガイゼルはそのまま手に力を込めてツィツィーを押し倒した。

「ガイゼル様!?」

　バランスを崩して後ろに倒れ込むツィツィーに、覆いかぶさるようにしてガイゼルが迫(せま)る。色香を醸(かも)す絶世の美貌が目と鼻の先にあり、ツィツィーは呼吸の仕方を忘れてしまったかのように、はくはくと口を開閉させた。

　やがてガイゼルは、ツィツィーの頬に手を添えたかと思うと、ゆっくりと顔を近づけてくる。ツィツィーの心臓は早鐘(はやがね)を打ち、今自分がどんな表情をしているのかも分からなかった。

（ど、どうしましょう、でも夫婦なのだから口づけくらいは普通なわけで……でも私、初めてなのに、ど、どうしたら!?　このままでいいのかしら!?）

　ガイゼルの顔が斜(なな)めに傾き、いよいよ覚悟(かくご)を決めたツィツィーは、目を強く瞑ってその時を待つ。

（――?）

　だが待てども待てども唇に触れる感触はなく、代わりに思いつめたようなガイゼルの心の声が聞こえてきた。

『まだ、怯えているか……』

（……ガイゼル様？）

『無理もない。……元々、望んで俺のところに来たわけではないだろうしな』

ツィツィーがそろそろと目を開けると、ガイゼルの瞳とぶつかった。イシリスの星空のような美しく深い青色が、寂しそうに細められる。

やがてにやりと口角を上げると、ぼそりと呟いた。

「何を期待した？」

「そ、その……」

「くだらん。俺は寝る」

そう言うとガイゼルはツィツィーを解放し、自らも立ち上がった。室内に戻っていく――かと思えば、ベッドではなくそのまま部屋を出ていこうとしているではないか。

「ガ、ガイゼル様、どちらに」

「明日も早い。俺は別の部屋で寝る」

「で、でも」

言いかけてツィツィーは言葉に詰まった。普段なかなか二人きりになれず、夜も別々の寝室で休んでいるのだから……と、脳内では言い訳をつらつらと並べ立てている。

だがいくら勇気を出そうとしても、たった一言が口から出てこなかった。

（一緒の部屋で寝ませんか、と私から言うのは、正直ものすごく恥ずかしいわ……）

　思考停止してしまったツィツィーに気づいたのか、ガイゼルは再びいつもの嫌味な笑顔を浮かべた。

「抱かれたいなら、それでもいいが？」

「け、結構です！」

　あまりに挑発的な物言いに、思わず反論してしまったツィツィーは「しまった」と頭の中で呟いた。だがガイゼルは別段気を悪くした様子もなく、笑いを堪えている。

『やっぱり可愛いな。……本当に抱いてしまいたい……だが、怖がらせたくはないしな……』

　聞こえてきた心の声に赤面しながら、ツィツィーはそろそろとガイゼルの顔を窺う。微笑みを残したその表情には、『氷の皇帝』と呼ばれる残忍なイメージは欠片もなかった。

　もしかしたら――これが本当のガイゼルの姿なのかもしれない。

「とっとと寝ろ」

「あ、ガイゼル様、その」

「まだ何かあるのか？」

「ええと、一つだけ、お願いが」

　ん？　と訝しげに眉を寄せたガイゼルに向けて、ツィツィーは息を深く吸い込む。

「その、……名前を呼んでいただけたら、と」

「……」

一瞬、世界から音が盗まれたのかと思うような、長い長い沈黙が流れた。

（や、やっぱり、いきなりおかしかったかしら⁉　でも……）

彼の口から、自分の名前が零れるのを聞きたい、と思ってしまった。

などと言えるわけはなく、ツィツィーはひたすらにガイゼルの言葉を待つ。だが先に聞こえてきたのは、音にはならない心の声だ。

『名前……名前を呼んでって……俺が、か？　俺が誰の、いや、それはツィツィーのだろうが、……確かにまだ一度も呼んでいないから、不満に思うのも分かるが、わざわざそんなことを頼んでくるか？　このタイミングで？　可愛すぎないか？　狙ってやってるのか？　俺をどうしたいんだ？』

やはり抱くか？　とまで聞こえたあたりで、ツィツィーは心の中で「いやー！」と叫びながら、降参するように両手のひらをガイゼルの方に向けた。なんとか心の声を遮れないかと思っての行動だが、彼の言葉はなおもとめどなく溢れてくる。

「も、申し訳ありません、身の程知らずのことを、その、忘れて……」

「――ツィツィー」

低く響く、鋼のような真っ直ぐな声。

湖の漣だけが立てるわずかな音の合間を縫うように、ガイゼルがツィツィーに向けて呼びかけた。その声が、想像していた以上に優しく――甘いものだったので、ツィツィーは最初呼ばれたことにすら気づかなかった。

「ツィツィー」

「は、はい！」

「ツィツィー」

「はい……」

「ツィツィー？」

「も、もう、十分で……」

「……ツィツィー」

ひゃーと首から上まで真っ赤になるツィツィーをからかうように、ガイゼルは何度も彼女の名を呼んだ。やがてはは、と腹を押さえて笑う。

「すみません！　すみませんでした！」

「飽くまで呼んでやる。ツィツィー」

「やめてください――！」

両手で耳を押さえて逃げ回るツィツィーを見ながら、ガイゼルは心から楽しそうに、愛する妻の名前を何度も繰り返していた。

お披露目式は戦場です。

ツィツィーがヴェルシアに来てから半年が経った。

「妃殿下、とってもお綺麗ですわ」

「ありがとうリジー、でもこんな豪華なドレス、私が着て良かったのかしら……」

「何を言っているんですか！　今日は主役なんですから当然です！」

力強く拳を握るリジーを鏡越しに見ながら、ツィツィーは困ったように眉尻を下げた。

ツィツィーが見舞ったあの夜をきっかけに、リジーは以前よりも熱心に身の回りの世話をしてくれるようになった。

どうやら皇妃であるにもかかわらず、わざわざ来てくれたツィツィーに感激してしまったようで、ツィツィーは『本当は陛下が教えてくださったおかげなのに……』と申し訳なく思ったものだ。

だが元々歳が近いという共通点があった二人は、それ以降自然と会話も増えていき――気づけばツィツィーにとってなくてはならない存在となっていた。

やがて扉をノックする音が響き、王宮からの使者が顔を見せる。

「皇妃殿下、お迎えにあがりました」

「ありがとう。すぐに向かいます」

華奢なヒールを傷つけないよう、そっと一歩を踏み出す。

今日は皇妃ツィツィー・ラシーが、公の場に姿を見せる初めての式典だ。

その夜、王宮の大広間は人で溢れ返っていた。

楽団による流麗な音楽で満たされる場は、諸侯と貴族や外交官、他国からの使者など実に多くの招待客によって埋め尽くされ、それぞれが歓談に興じている。

広間の奥には薄布の天蓋が下がっており、その向こうにある階段の先に、華美な玉座が用意されていた。赤い天鵞絨の敷き詰められた特等席に、ヴェルシアの『氷の皇帝』が傲然とした姿で座している。

「……」

やがて側近の一人がガイゼルの傍に歩み寄り、何かを耳打ちした。するとガイゼルは組んでいた足を解いて、ゆっくりと立ち上がる。

その動きに合わせるかのように、大広間のいちばん大きな扉が開いた。騒がしかった話し声はふつりと途切れ、誰しもがそちらに目を奪われる。

現れたのは凜とした佇まいの、それは美しい女性だった。

目が覚めるような白銀の髪と、弧を描く銀細工のような睫毛。大きな瞳は晴れ渡った空のような青色で、唇は咲き初めの薔薇のようだ。それらの可憐さを一層際立たせる白い肌が、まるで雪の女神のような気高さを彼女に与えている。

身にまとうドレスは紺色。胸元には銀糸の刺繍が施されており、シャンデリアの灯りを弾いてキラキラと輝いている。スカートの部分は白く光沢のある生地とレースの三つ重ねになっており、後ろ姿も実に美しかった。

さりげなく配された装飾や宝石は逸品ばかりで、指にはガイゼルから贈られた指輪が輝いている。ツィツィーを彩るどれもが、大国ヴェルシアの皇妃たるにふさわしい装いだと言外に知らしめていた。

刺さるような周囲の視線を受けながらも、落ち着いた優雅な足取りで進んでいたツィツィーだったが——実は、その澄ました表情の裏側で悲鳴をあげていた。

（ああぁ、人が……人がこんなに……！）

多いとは思ったが、まさかここまでとは。

狼狽えた表情を晒すわけにはいかないと、毅然とした態度で振る舞ってはいるものの、一体どこまで歩き続ければいいのだろう。

（ヒールも高いし、コルセットは苦しいし、私、どうしたら……）

だがすぐに助けは訪れた。

ツィツィーの前に、階上にいたガイゼルが下りてきてくれたのだ。

ガイゼルもまた、一段と華やかな式典用の装いだった。黒の正装には銀の飾緒と肩章があり、胸にはいくつもの勲章が輝いている。ベルベット地で作られた深紅の外套は、黒豹の毛皮で縁を飾り立てており、彼が歩むたびに実に優美に翻っていた。

「ツィツィー」

名前を呼ばれ、伏し目がちだったツィツィーはゆっくりと視線を上げた。

不安の中、ガイゼルの顔と声だけが鮮明に映し出され——その途端、安堵と喜びが隠せなくなり思わず笑みを零す。

その瞬間、高貴さから愛らしさへと雰囲気を変えた皇妃の表情に、周囲を取り巻いていた男性陣は一様にほう、と息をついた。その空気を察したのか、ガイゼルはツィツィーの手を取ると、いつもの鋭い目つきで睨みつけてくる。

「遅い」

「すみません、歩き慣れなくて」

「あとヘラヘラ笑うな」

「へ、へらへらですか？」

『だめだ、こいつは自分がめちゃくちゃ可愛い自覚がないんだった……あんな顔見せて、言い寄る男がいたらどうするつもりだ。まあいたところで俺が許さないが。しかし悪い虫がつくと面倒だ。ランディの奴、もう少し招待客を絞れなかったのか？ 独身の男は追い出してしまいたいんだが』

　手を引かれながら聞こえてくる心の声に、ツィツィーは耳が熱くなるのが分かった。この分では顔も真っ赤になっていることだろう。

　本当は式典に参加すること自体、怖くて仕方がなかった。故国でのツィツィーは周りから貶められるばかりで、社交界というものにまったく良い思い出がなかったからだ。

　だから今回のお披露目式も、どれだけ冷笑されるかと悲壮な覚悟をもって臨んだ。しかしツィツィーが予想していたような反応はなく、なんだか拍子抜けした気分になる。

（――きっと、陛下が傍にいらっしゃるからだわ）

　この皇帝を前にして、ツィツィーを悪く言える者はこの場にいない。

　それを見越して、ガイゼルがここまでツィツィーを迎えに下りてきてくれたのだと思うと、繋いでいる手がよりいっそう温かく感じられるようだった。

やがて覆いの向こうにある玉座まで戻ると、ガイゼルはようやくツィツィーの手を離した。陛下には皇妃へ一目ご挨拶を、と願う貴族たちが集まり始める。だがガイゼルは彼らに一瞥をくれただけで、奥へと向き直った。

「ヴァン、ルクセン」

は、と短い返事が聞こえたかと思うと、後ろに控えていた二人が一歩を踏み出した。そのうちの一人がツィツィーに向かって深く頭を下げる。

「初めまして、ヴァン・アルトランゼと申します。陛下とは幼少期からの腐れ……ご縁で護衛役を賜っています」

最初に名乗りを上げたのは、爽やかな青年だった。

綺麗な金色の髪に、灰色の混じった青色の瞳をしており、鍛え抜かれた体軀は礼装の上からでも分かる。ヴァンはツィツィーを前に、人好きのする笑みを浮かべた。

「噂には聞いていましたが、本当にお美しい姫君ですね」

「そ、そんなことはまったく」

否定しようとしたツィツィーは、背後から伝わってくる禍々しい気配に戦慄した。

心の声は聞こえてこないが、目の前で「しまった……」とばかりに目をそらすヴァンの顔を見れば、後ろのガイゼルがどんな表情をしているかなど推して知るべしである。

（こ、これもヘラヘラに入るのかしら……？）

話題を変えなければ、とツィツィーは急いでもう一人の男性の方に向き直った。すると男性はそつのない所作で、深々と礼の姿勢をとる。

「わたくしは王佐、ルクセン・マーラーと申します。皇妃殿下とお会いできて光栄にございます」

穏やかな笑顔で頭を下げる男性は、ツィツィーよりも随分と年上だった。

髪には白髪が交じっており、目は氷のような薄い水色。指には濃い青紫色の宝石がついた指輪をしていた。視力が弱いのか眼鏡をしており、ツィツィーを見てレンズ越しの目を細める。

「ルクセン様、ですね。よろしくお願いいたします」

聞けばルクセンは、先代皇帝の時代から王佐の仕事を任されていたそうだ。ガイゼルが皇帝の座に即いた時も、政治の要所は彼がいちばんよく分かっている、と満場一致で選ばれたのだという。

「本当はもう一人、王佐補の者がいるのですが、あいにく所用で留守にしております」

「王佐補、ですか？」

「はい。ランディ・ゲーテと申します」

「あ、その方がランディ様！」

言ったあとで、ツィツィーははっと言葉を呑み込んだ。幸いガイゼルには気づかれなか

ったようだが、万一聞かれていたら「どうしてお前がその名前を知っている?」と疑われかねない。

(王佐補の方だったのね……どんな方か、一度会ってみたかったわ)

互いの紹介を終えた頃、楽団の奏でる音楽が替わった。時を同じくしてヴァンが楽しそうに眉を上げる。

「おや、そろそろ始まりそうですね」

今日の主役であるツィツィーが現れたことで、式典は本来の目的である舞踏会へと移行した。階下では賓客たちが、互いのパートナーと手を取り挨拶を交わしている。

その華やかな雰囲気にわあ、と心を弾ませていたツィツィーだったが、頭上に落ちた不自然な咳払いに気づき、そろそろと顔を上げた。

すると渋面を浮かべたガイゼルが、こちらに手を差し伸べている。

「へ、陛下?」

「……」

返事に悩むツィツィーに、後ろで見ていたヴァンが助け舟を出した。

「陛下、ダンスの誘いはもう少し優しい顔でした方がいいと思いますよ」

「え、そ、そうだったんですか!?」

「……」

図星だったのだろう。ガイゼルはヴァンに鋭い眼光を飛ばしたのち、改めてツィツィーの手を取った。

「いいから来い」

「は、はい！」

なかば引きずられるような力強さで、玉座から階段を下りていく。

広間の人々は当然のように二人のために場所を譲り、気づけばツィツィーはフロアのど真ん中に立たされていた。

（こ、こんな、たくさんの人の前で……）

大丈夫、この半年あれだけ練習したのだから、とツィツィーは呼吸を整える。だが緊張に耐え切れず震えてしまう指先を、ガイゼルの大きな手がしっかりと握りしめた。

「陛下……？」

「怯えを見せるな。お前を笑う者は、ここにはいない」

ダンスの開始を待つ間、ガイゼルは遠くを見つめながら、視線も落とさずに告げた。

その言葉にツィツィーは驚きのあまり目を丸くしていたが、やがて背筋を正し、ガイゼルの傍らに体を添わせる。

ゆっくりと舞踏の曲が始まった。

三拍子で紡がれるそれは優雅で繊細だったが、踊り手にはかなりの技量を求めるものでもある。だが完璧（かんぺき）なタイミングで、ガイゼルは始まりの一歩を踏み出した。ツィツィーも自然と流れに取り込まれる。

（すごい……体が勝手に動くみたい……）

決して強い力ではないが、ガイゼルの誘導（リード）によってツィツィーの体は自在に操（あやつ）られていた。もちろんレッスンの成果も大きかったが、それ以上にガイゼルのダンスが上手（うま）いということだろう。

次第（しだい）に曲のテンポが上がっていき、周囲にはついていけないペアも出始めた。

しかしガイゼルは涼（すず）しい顔で、難度の高いステップを次々にこなしていく。当然パートナーのツィツィーにもさりげない補助（フォロー）をし、翻るドレスの裾（すそ）が周囲の視線を奪っていった。

『ガイゼル陛下、なんて素敵（すてき）なのかしら……』

『私とも踊ってくださらないかしら』

『ラシー？　どうしてそんな辺境国の姫（ひめ）なんかを……』

時折、うっかり受心（じゅしん）してしまった誰かの心の声が聞こえ、ツィツィーは少しだけうつむいた。そんなツィツィーの様子に気づいたのか、ガイゼルが低く呟（つぶや）く。

「どこを見ている」

「え、えっ⁉」

「俺を見ろ——他に目をやることは許さん」

はい、と消え入りそうな声で答えながら、ツィツィーは心の中で叫んだ。

（こ、心の声じゃないのに、陛下の言葉にドキドキする……）

やがて曲調が穏やかなものに変わり、まもなく終わりを迎えるのだと気づいたツィツィーはほうとため息をついた。ゆっくりとした足運びの中、ガイゼルは険しい表情でツィツィーを睨みつける。

「これが終わったら、次はヴァンと踊れ」

「は、はい」

「二曲こなせば十分だ。あとは抜けて適当に逃げておけ」

もしかしたらガイゼルは、ツィツィーが初めての式典で気を張っていることに気づいたのかもしれない。分かりましたと答えたあとで、ガイゼルの心の声が聞こえてきた。

『もう終わりか……近すぎて心臓が張り裂けそうだ……。仕事終わりに稽古をしておいて良かった……ツィツィーに恥をかかせるわけにはいかないからな』

（陛下が、ダンスの練習を……!?）

だがなおも続く早口な心の声に、ツィツィーはさらに動揺する。

『しかし普段距離をとっていても危険なのに、間近で見るものじゃないな……可愛すぎて目が痛いぞ……だがこんなに近くでツィツィーを眺められるのは、今度いつになるか分からん。出来ればもっとよく網膜に焼きつけておきたい……』

するとその宣言通り、ガイゼルはしばし無言でツィツィーを見つめてきた。

なんと言葉をかければいいか分からず、真っ赤になったツィツィーが恥ずかしげに目をそらすと、ガイゼルは繋いでいた手をすぐに離してしまう。そのまま何かを堪えるように片手で顔を覆っていたが、やがて落ち着いたのか「はっ」と鼻で笑った。

「下手くそ」

『だめだ、可愛い』

「な、な――」

心で思っているのと全然違う物言いに、ツィツィーの中に浮かんだ感動が吹き飛びかける。だが彼が素直な言葉を発しないことなど、この半年で分かり切っていた。

（どうして意地悪な言い方しかしないのかしら。思っていることを直接言ってくださったら、そしたら……う、嬉しいのに……）

と、そこまで考えたところで、ツィツィーはぶんぶんと頭を振った。ダメだ、あの身に余りすぎる褒め言葉を、強面とはいえ美貌の陛下から紡がれる光景が想像できない。今は心の声だけだからかろうじて耐えていられるが、あの口から直接なんてとても。

ようやく曲が終わり、ガイゼルの背中を見送ったツィツィーは、繋いでいた手の感触を思い出すかのように、胸の前でぎゅっと両手を握りしめた。

「――皇妃殿下？　大丈夫ですか？」

「あ、はいっ！　すみませんっ！」

突然名前を呼ばれ、ツィツィーは思わず素の状態で振り返った。

すると背後に立っていたヴァンが一瞬きょとんとしたかと思うと、くくっと堪え切れない笑いを零している。いつの間にか、次の曲が始まるようだ。

「そんなに驚かないでください。陛下から直々の御指名をいただきまして」

「先ほど伺いました。どうぞよろしくお願いします」

「こちらこそ。――では、お手を」

次に流れてきたのは四拍子のゆったりとした曲だった。差し出された手を取ると、ヴァンはくるりとツィツィーを引き寄せる。

「失礼」

物慣れた様子で腰を持たれ、ツィツィーは少しだけ恥ずかしくなる。ガイゼルとはまた違うアプローチに、女性の扱いに長けているのね、とちらりとヴァンを窺い見た。

真っ直ぐ伸びた鼻筋に、冬の空のような瞳。ガイゼルの冷たそうな容姿とは対照的に、陽気で華やかな風貌だ。やがてツィツィーの視線に気づいたのか、ヴァンはこちらを見てにっこりと口角を上げる。

「ふふ、照れますね」

「すみません、不躾な真似を」

「いいえ、皇妃殿下に見つめてもらえるなんて、騎士として光栄です」

やっぱり手慣れてる、とツィツィーは気持ちを切り替え、踊りに専念することにした。

先ほどよりも随分と簡単なステップなので、周囲からはかすかな話し声も聞こえてくる。

どうやらこの曲は、踊りの技巧を見せるものではなく、男女の会話を楽しむために組み込まれているものなのだろう。

「ヴェルシアはどうですか」

静かな口調で、ヴァンが話しかけてきた。

「夏でも涼しくて驚きました。おかげでとても過ごしやすいです」

「そうか、ラシーは一年中暖かい国でしたね」

「ラシーをご存じなんですか？」

驚くツィツィーにヴァンが微笑みかける。その表情は穏やかだが、どこか好ましい雰囲気があり、ただ一人と決めた相手がいる女性でなければ、ついときめいてしまいそうだ。

「ええ。実は母がラシーの生まれでして」

「まあ！　そうなんですか」

「俺も何度か訪れたことがあります。そういえば陛下も昔、ラシーで暮らしていた時期があるんですよ。とても短い間ですが」

「陛下も、ですか？」

「はい。ちょっと色々ありまして」

聞けばガイゼルは、ある年頃から王宮を離れ、他の貴族の邸で暮らしていたらしい。その際一時的に、ヴァンの母方の実家に身を寄せていたそうだ。

「俺と陛下は幼馴染でして。その縁もあってのことですね」

「そうだったんですね……」

そう語るヴァンの声は明るく、偽りのない笑顔にツィツィーは自然と顔をほころばせた。

初めて聞く幼いガイゼルの話が気になり、もう少し尋ねてみる。

「あの、陛下の小さい頃は、どんな感じだったんでしょうか？」

「そうですね、今とあまり変わらないかもしれません」

「変わらない？」

「寡黙で真面目で、やたらと強くて。でも感情表現がとにかく下手で――っと、すみません、これはここだけの話で」

ふふ、と二人して笑い合う。ヴァンはその後も嬉しそうにガイゼルについて語っていたが、最後に少しだけ表情を曇らせた。

「陛下はすごい努力家で……思えば最初から、不思議な魅力のある方でした――ああ、でもそうか、あの時から……」

「ヴァン様?」

「! すみません、少し思い出しただけで」

いつの間にか舞踏曲は終わりを迎えていた。ヴァンはすぐに柔和な笑みを浮かべると、恭しくツィツィーに向かって頭を下げる。

「ありがとうございました。とても楽しかったです。またいつか、陛下のお許しが出ましたら」

「こちらこそ。お話、とても楽しかったです」

俺もです、と答えたヴァンに礼をし、ツィツィーは一人胸を撫で下ろした。

(良かった……少なくともヴァン様は、陛下と対立しているわけではなさそうだわ)

誰の助けもないと思っていた王宮だったが、彼のような存在がいるだけで、きっとガイゼルの心強い味方となってくれることだろう。希望の光を見出したような喜びに、ツィツィーは少しだけ心を弾ませた。

逃げておけとガイゼルに言われた通り、二曲を踊り終えたツィツィーはさりげなく窓際へと足を向ける。だが好機とばかりに男性陣が集まってきた。

「皇妃殿下、次はわたくしと」

「申し訳ありません、少し休ませていただきたいので……」

「でしたらワインはいかがですか? こちらに運ばせましょう」

端から断っているのに、次々と誘い文句が飛んできて、ツィツィーは対応が追いつかなくなってくる。すると男性に囲まれているツィツィーを見た女性たちが、聞こえるか聞こえないかという音量で、ひそひそと囁き始めた。

「ラシーなんて小さな国、誰か知っていまして？」

「なんでも、国ではあまり行事に出てこられなかったと聞きますわ。王族といっても位が低い方なのでは？」

「そもそも先代への捧げものでしょう？　それをどうしてわざわざ陛下が……」

様々な侮蔑が飛び交う中で、彼女たちの向ける悪意は、ツィツィーの耳にも確かに届いていた。だがツィツィーはそのうちの何一つ、否定することが出来ず下を向く。

（どれも、本当のことだもの。……私は、人質に過ぎなくて、本来であれば第一皇妃なんてなれるはずがなかったのに……）

輿入れしてから知ったことだが、ラシーのような小国の姫をどうして第一皇妃に据えるのか、と非難する声は少なからずあったらしい。それを聞いたツィツィー自身も疑問に思ったものだ。

くらり、と視界が歪む。締めつけるドレスと、会場の熱気で気持ちが悪い。

だが逃げたくとも、人だかりのせいで動くことが出来ない。ここで倒れるわけにはいかない、とツィツィーが微笑を浮かべたまま、毅然と顔を上げたその時だった。

「──何をしている」

低く冷たいガイゼルの声が、周囲の人々を凍りつかせた。だがツィツィーだけは、一筋の光のようなその存在に顔をほころばす。

「陛下、その、妃殿下と少しお話がしたく」

「誰が許可をした」

「え、……あ……」

「それから、そこの女ども」

冷たい海色の目が並び立っていた女性たちに向いた。普段から鋭い眼光は、一層冷たく磨き上げられており、ツィツィーでもこれほど恐ろしい視線は受けたことがない。

「今なんと言った」

「……」

「聞こえなかったか？　なんと言った」

女性たちは互いにちらちら目配せをするが、正直に白状する者はいない。それを見たガイゼルはルクセンが捧げ持っていた長剣に手を伸ばした。一瞬で緊迫した空気が広がる。

「なるほど、耳が悪いのか。ではもう必要ないな」

「へ、陛下……？」

「切り落としてやろう。跪け」

　その場にいた全員が、この皇帝ならやりかねない、と戦慄した。女性たちは恐怖のあまり、謝罪を繰り返しながらその場にへたり込んでいる。だがガイゼルの怒りは収まるでもなく、それはツィツィーにも痛いほどに伝わってきた。

『何も知らないお前たちに、ツィツィーを貶める権利がどこにある。意に染まぬ結婚を言い渡され、遠い国まで一人で来させられて。誰が望んでこんな立場になりたいと思うんだ！』

（……陛下……）

『それなのに、ツィツィーは……毎日大変な教育を受けながら、懸命に努力してくれている。たった一人で。それが俺にとって、どれほど嬉しかったことか……くそ、苛々する！こいつらにも、守ってやれない俺にもだ！』

　ぎりとガイゼルが奥歯を噛みしめたのを見て、ツィツィーはたまらずその腕を摑んだ。ガイゼルは驚き、剣の柄に伸ばしていた指を思わず離す。

「陛下、何も言われてなどいませんわ」

「ほう？」

「皆さま、私の故郷のラシーについて話していたのです。ね？」

ツィツィーが話を振ると、女性たちはぶんぶんともげそうなほど首肯した。ガイゼルは胡乱げな表情でしばらく彼女たちを睨みつけていたが、やがて短く息をつくとツィツィーの手を取る。

「今日はこいつに免じて許してやる。次はない」

そう言い捨てると、ガイゼルはツィツィーを連れてその場を後にした。

背後に広がる安堵の空気に、ツィツィーもまたほっとしながら、ガイゼルと共に大広間を横切っていく。そのまま正面扉を突っ切ると、長い廊下に二人で歩み出た。

しばらくして前を進んでいたガイゼルが、短く言葉を落とす。

「何故かばう」

「何のことですか?」

「先ほどのことだ。お前は怒っていい」

「それは……」

言葉を待つガイゼルに向けて、ツィツィーはうつむきがちに微笑んだ。

「陛下が、私の代わりに怒ってくださったから、良いんです」

もちろん、不快な思いはあった。だがガイゼルが本気で怒ってくれていたのが分かった瞬間、喜びがそれを上回ったのだ。

「……お前は甘すぎる」

「その分、陛下がお優しいから、大丈夫です」

はっきりと言われてしまい、ガイゼルは続く言葉を失っているようだった。

やがて諦めたかのように息を吐くと、足を止めて振り返る。どうしたのだろう、とツィツィーがきょとんと見上げていると、ガイゼルは突如ツィツィーの顎に手を添え、そのまますっと持ち上げた。

抵抗する間もなく、上体を屈めたガイゼルの顔が迫ってくる。

（へ、陛下⁉　どうして突然⁉）

慌てて目を瞑るツィツィーだったが、待てども待てども口づけは訪れない。

（……？）

やがて、首筋にさらりとかかる髪の感触に気づき、恐る恐る瞼を上げた。見ればツィツィーの首元に額を寄せるようにして、ガイゼルがうつむいている。

『だ、めだ……あんまり愛らしいから、つい、手が……。ここは誰が通るか分からない廊下だというのに‼　だがこんなに健気に言われて我慢できるほど、行儀のいい男じゃないぞ、俺は……』

「へ、陛下！　そろそろお戻りにならないと、皆さまが困っているのでは⁉」

不穏な方向に思考が行き着く前にと、ツィツィーは必死に説得を試みる。

ガイゼルはその体勢のまま深い深いため息をついたかと思うと、ようやく渋々と顔を上げた。普段よりも眉間の縦皺が深いのは気のせいだろうか。

「残りの挨拶を片づけたら帰る。お前は先に本邸に戻っていろ」

「はい。頑張ってくださいね」

「……誰にものを言っている」

『行きたくない……このまま一緒に帰りたい……』

最後に聞こえた少し拗ねたような心の声に、ツィツィーはたまらず笑みを零したのだった。

ツィツィーはそのまま王宮の奥にある本邸へと向かう。

すると渡り廊下を歩いていたところで、中庭から誰かの話し声が聞こえてきた。どうやら今日のお披露目式に参加していた貴族のようだ。

「いやーお前も見たか？　皇妃殿下」

「見た見た。陛下が半年も隠す理由が分かったよ」

自分のことを言われていると察し、ツィツィーは急いで通り過ぎようと足を速めた。男たちはツィツィーの存在に気づくことなく、さらに話を続ける。

「確かにあれだけ美しけりゃなあ……だが噂では、イエンツィエからもう一人皇妃が来るって聞いたぞ」

（……え？）

柱の陰で、ツィツィーは思わず足を止めた。

続きが気になってしまい、そのままそろそろとしゃがみ込む。

「らしいな。先代が亡くなったから、これを機により近づいとこうって算段らしいが……そうなると、そっちが第一皇妃になるんだろうな」

「そりゃそうだろ、なんたってうちにも引けを取らない大国イエンツィエだぜ。第二皇妃になんてしたら、戦争になりかねないよ」

（イエンツィエから、新しい皇妃が……）

代替わりした皇帝と良好な関係を築くため、イエンツィエが皇妃を立てるのはごく自然な流れだ。そして彼らの言う通り、ツィツィーの故郷であるラシーとイエンツィエでは、国としての格が違いすぎる。

さらに男たちは、あろうことかガイゼルについてもあれこれと貶し始めた。

「しかしこの国はどこまで持つかねえ。ガイゼル陛下は戦には強いらしいが、性格が最悪だろう？　他の後継者を殺して帝位を奪っただの、あの傲慢さにやられて逃げ出した臣下も多いだのと噂は絶えないし……」

「今はまだルクセン様がいてくださるからいいが……先代派も相当残っているし、王宮内はガイゼル陛下に不満を持つ者ばかりだと聞いたぞ」

「無敗を誇った先の騎士団長も随分と前に引退してしまったし、有能な奴はヴェルシアに見切りをつけているところじゃないか？」

「俺らも気をつけないとな。先代に比べて覇気がないし……あの陛下、態度がでかいわりに、実は腰抜けなんじゃ――」

今まで黙って聞いていたツィツィーは、その言葉にすっくと立ち上がると、堂々と男たちの前に姿を現した。突然の皇妃を前に、男たちは慌てて身を正す。

「すみません。少し聞こえてしまったのですが、今陛下についてお話しされていましたか？」

「こ、皇妃殿下！　いえ、その」

「ご先代が亡くなられて、不安に思う気持ちは分かります。ですが、そんな時だからこそ、我々がガイゼル陛下をお助けしなければならないのではありませんか？」

傲慢で尊大な皇帝陛下。確かに普段見せる態度は、決して優しいものばかりではない。だが彼自身は真摯に国のことを思い、毎日夜遅くまで執務に当たっている。

ガイゼルの帰りを待つツィツィーは、そのことを誰より良く知っていた。

「無闇な戦いをせず国が発展するのであれば、争いなど必要ありません。陛下は今この国を変えようと、必死に頑張っておられるのです」

「そ、そうです、皇妃殿下のおっしゃる通りです。もちろん我々も、誠心誠意この国のために尽くす所存ですし……」

男たちは手のひらを返して、ツィツィーにへりくだった。だがツィツィーの神経が集中し高ぶっているためか、途切れ途切れではあるが、男たちの心の声が聞こえてくる。

『でもなあ……、今の陛下では……』

『……適当に合わせ……面倒なことに、……った』

それを聞いたツィツィーは、続く言葉を呑み込んだ。

今どれだけツィツィーがガイゼルの思いを訴えても、上辺だけの麗句で取り繕われてしまう。それでは何の意味もないのだ。

（どう言えば伝わるの？　陛下が一人で頑張っていること、争いのない国にしたいと思っていること……）

だが悩んでいるツィツィーの背後に現れた人物を見て、男たちはひぃと硬直した。遅れてツィツィーも振り返る。

そこには中庭全土を氷漬けにしてしまいそうな、冷たい目をしたガイゼルが腕を組んで立っていた。闇の中、深い青色の瞳だけがぎろりと男たちに向く。

「こ、皇帝陛下……！」

「こ、ここ、今宵はお招きいただき……」

あまりの迫力に歯の根が合わない男たちの一方、ツィツィーもまた困惑していた。

（もしかしたら、さっきの会話を聞かれていた⁉　彼らが言ったことや、私がなんの説得も出来なかったことも……）

しかしガイゼルはツィツィーの前に立つと、はあとかすかなため息を零した。あれ、とツィツィーが目をしばたたかせていると、彼女の腰を摑みひょいと両腕で担ぎ上げる。

「陛下⁉」

「こいつは貰っていく」

そう言ってガイゼルは身を翻すと、ツィツィーを抱えたまま本邸へと向かった。ガイゼルの歩幅は広く、身長が高いこともあってかなり揺れたが、脇を支える手のしっかりとした力にあまり恐怖は感じない。

その恥ずかしい格好のまま玄関に入ると、使用人たちが何ごとだ、と一様に目を剝いた。ツィツィーもはっと我に返り、下ろしてくださいと手足を動かしてみたが、ガイゼルはそのまま二階の主寝室へと歩いていく。

乱暴にドアを開けたかと思うと、ツィツィーはそのままベッドへ放り投げられた。急いで体を起こすと、ガイゼルは着ていた外套や上着を脱ぎ捨てている。

「へ、陛下、あの」

「ガイゼル」

「……ガ、ガイゼル様！　あの、先ほどの」

「先に戻れと言ったのに、どうして戻っていない？」

あ、とツィツィーは口ごもった。

「申し訳、ありません……少し、気になる話を聞いてしまったもので」

その様子に、ガイゼルは首元のボタンを外しながら続ける。

「俺のことか」

淡々と答えながら、ガイゼルはちらりとこちらを見た。ツィツィーが頷くと、彼は再び呆れたようなため息をつく。

「言われていたことは本当だ。俺の立場はあまりいいものではない」

「……」

「先代のやり方を望む者は多いからな」

「でも――陛下のお考えは、そうではないのでしょう？」

ツィツィーのはっきりとした言葉を聞いて、ガイゼルは驚いたように目を見開いた。だがすぐに「ふん」と鼻で笑うと、ツィツィーの隣へどさりと腰を下ろす。

「お前に心配されるほど、落ちぶれてはいない」

「そ、それは……そうですけど」

悔しそうに睫毛を伏せるツィツィーを見て、ガイゼルは思わず笑みを零した。そのままツィツィーの手を取ると、指輪に軽く口づける。

「――遅くなって悪かった」

「わ、私の方こそ……」

そこでようやく、ツィツィーは自分がガイゼルのベッドにいることを思い出した。いつもならばお互い自分の寝室で寝るはず……と、そわそわし始めたツィツィーに気づいたのか、ガイゼルは軽く首を傾けて意地悪く告げる。

「今日からお前の寝室はここだ」

「え!?」

「披露も終わった。文句を言う奴はいなかろう」

そう言うとガイゼルは、そっとツィツィーの髪に手を伸ばした。一房を耳にかけたかと思うと、そのまま顎に指が下りてくる。ガイゼルの顔が近づくのを見て、ツィツィーは今度こそと覚悟を決めた。

(さっきは廊下だったけれど、今は二人きりなわけだし……、な、何も、恥ずかしくは……)

目を瞑り、口を閉じる。ぎしり、とベッドの軋む音がして、ガイゼルの呼気が顔に触れた。あと少し――だがその刹那、ツィツィーの脳裏に先ほどの男たちの言葉がよぎる。

(――イエンツィエからもう一人皇妃が来るって……)

「――ツィツィー？」

気づけばツィツィーは、ガイゼルを押しのけるように両手を伸ばしていた。ガイゼルがかすれた声を零すと、何かを思い出したかのようにツィツィーははっと顔を上げる。

「す、すみません！　ガイゼル様、その……」

口づけを拒否するような真似をしてしまった、とツィツィーは慌ててガイゼルの胸から手を離した。今度こそ、と思っていたはずだったのに。

（考えてはダメだと、分かっているのに……）

黙り込んでしまったツィツィーを前に、ガイゼルはしばらく何かを思案していた。だがすぐにいつもの嫌味な笑いを浮かべると、ツィツィーの額を軽く指で弾く。

「いたっ」

「怖気づいたか」

「そ、そういうわけでは」

「安心しろ、これ以上は何もしない。……いいから今日は寝ろ」

ツィツィーが慌てて言い繕おうとする前に、ガイゼルはツィツィーを押しのけると、さっさとベッドの半分を占拠し背を向けて横になった。この様子では、本当にただ一緒に寝るだけのようだ。

申し訳なさと少しだけの安堵を胸に、ツィツィーはそうっとドレスを緩めていく。その間も新しい妃の存在が、じわじわとツィツィーの心を侵食していた。

(でもそんなの、聞けないわ……)

勇気を出して尋ねたとして、一体何の意味があるというのか。ガイゼルとはどうなるのか……聞いたところで何一つツィツィーには口を出せないことだ。

やがてツィツィーの中に、ガイゼルの小さな心の声が響いた。

『また怖がらせてしまった……俺は、本当にだめだ……』

傷つけてしまった、とツィツィーは後悔する。

本当ならガイゼルを慰めるのが皇妃の務め……と、頭では分かっていても、ツィツィーの気持ちはいまだ遠くに取り残されたままだ。

それでも、ガイゼルのせいではないと伝えたくて、ツィツィーはそっと彼の背中に指を伸ばした。広くしっかりとした上背は、静かな呼吸を繰り返している。

「……おやすみなさい、ガイゼル様」

その声に返事はなかった。

真白に輝く月が、カーテン越しに主寝室を照らし出す。すうすうと穏やかな寝息を立てるツィツィーの隣で、ガイゼルはゆっくりと体を起こした。

「……」

美しい白銀の髪がベッドに散り、輝くばかりの白い肌を見せながら、ツィツィーは幸せそうに眠っている。空色の瞳が見られないのは残念だが、怯えさせずにすむ、とガイゼルは一人で小さく笑った。

『でも――陛下のお考えは、そうではないのでしょう？』

（どうしてお前はいつも、俺の欲しい言葉をくれるんだろうな）

式典を早々に切り上げ、本邸に急ぎ戻ろうとしていた途中、中庭で誰かの話し声がした。いつもの非難かと聞き流そうとしていたが、そこにツィツィーが現れ、彼らに説教をし始めたのだ。

傍で見ていたガイゼルは一瞬呆気に取られたが、あまりに必死なツィツィーの様子を見て、顔が緩むのを抑えきれなかった。つい助け舟を出してしまったが、あの時のツィツィーの驚きようを思い出して「くく、」と笑いを堪える。

（俺のために、向こう見ずな……）

舞踏会でもそうだ。自らの境遇についてどれだけ言われても、決して笑顔を絶やすことはなかった。皇妃として、ガイゼルの妻として、完璧な立ち振る舞いをしてみせた。

かと思えば、あんな男たちの雑談一つに感情的になって——

（もしかして、『俺』を侮辱されたから……か？）

嬉しさを隠しきれないガイゼルは、眠るツィツィーの髪を一筋すくいとった。手のひらに流れるそれは、絹糸のような滑らかさだ。起きている時がだめなら、せめてこれくらいはとガイゼルは髪の先に口づける。

「——俺が代わりに、あなたを愛する」

ぽつりとガイゼルは呟くと、祈るように目を閉じた。


——ツィツィーは幼い頃の夢を見ていた。

当時のツィツィーの力はとても強かったため、周りの感情や思考が勝手に心へ流れ込んできていた。

容姿もひときわ異なるため、母はツィツィーを『呪われた娘』と忌み嫌い、自分たちのいる城ではなく、遠く離れた位置に建てられた塔の一角で生活するように告げた。

歩くことが許されるのは、部屋の中と塔の周りの雑木林だけ。わずかな護衛の兵士と世話役の女中以外何人も訪れない日々を一人で過ごしていた。

そんなある日、見知らぬ少年が迷い込んできた。

綺麗な黒色の髪と青い瞳をした少年は、ツィツィーを見ると、驚いたように目を見開いた。その様子にツィツィーは、咄嗟に自身の髪を両手で覆い隠す。

（どうしよう、また気持ち悪がられるかも）

だが少年はツィツィーをじっと観察したかと思うと、不思議そうに首を傾げた。

「なんで隠してるの」

「だ、だって、私の髪、お姉さまたちと違って醜いし……」

「そんなことない。綺麗な髪だ」

今度はツィツィーが目を丸くする番だった。少年はぶっきらぼうに断言すると、そのまま庭園の隅に座り込んでしまった。どうしたのだろう、とツィツィーが近づくと「うるさい」と睨んでくる始末。

「すぐに出て行く。放っておいてくれ」

冷たく言い捨てると、少年はそのまま一言も発さず地面を見つめていた。その表情は険しく、怒っているかのようで、ツィツィーも一度は離れようとした。

だがその時、彼の心の声がツィツィーの元に静かに届いたのだ。

『お母様……どうして死んでしまったの……』

それはあまりにも悲痛な嘆きだった。

『僕、一人になっちゃったよ……もう誰も、僕を愛していると言ってくれない』

切羽詰まった様子に、ツィツィーは思わず少年の顔色を窺った。

だが物言わぬ彼は、仮面を張りつけたような無表情になっており、とても悲しんでいる風には見えない。しかし本当の絶望に陥った時、人は涙すら零せなくなるとツィツィーは知っていた。

ツィツィーもまた母から疎まれ、姉たちから蔑まれ……でも泣けば一層相手を怒らせてしまうと知った時、同じように一人心の中だけで嘆いたものだ。

でもそれは結局、痛みを倍増させる行為でしかない。

人によってもたらされた悲しみは、人によってしか癒されないのだから。

経験でそれを知っていたツィツィーは、自分のような思いを少年にさせたくなかった。

だからツィツィーは――


「……？」

ツィツィーが目覚めた時、すでにガイゼルの姿はなかった。

そのことに幾ばくかの寂しさを覚えると同時に、ツィツィーは先ほどまで見ていた夢の最後を思い返す。だがどうしても、あの男の子に何をしたのか不明瞭なままだ。

（昨日は陛下に、失礼なことをしてしまったわ……）

ガイゼルが眠っていたあたりにそっと手を伸ばす。とうにぬくもりは失われており、ツィツィーはそれを見て、一人静かに誓った。

（私は、私だけは、――陛下の味方でいよう）

あの恐ろしい王宮の中、一人きりで戦っているガイゼルの力になれるのなら。

だがそんなツィツィーの祈りが届くことはなかった。

お披露目式から数日後、夜遅くにルクセンが本邸を訪れた。

ガイゼルは昨日から長期の視察に出ており、何故王佐ともあろう方が私に？　と困惑するツィツィーをよそに、応接室に入った彼はすぐに「人払いを」と指示する。

ぼんやりとした蝋燭の灯りが灯る室内。

二人きりになったところで、ルクセンは静かに切り出した。

「――陛下と、別れていただきたい」

少し前から、イエンツィエより第二王女の輿入れを希望する声がある。だがあれだけの大国の姫を受け入れて、よもや第二皇妃とするわけにはいかない。

しかしガイゼル陛下にどれだけそう進言しても、絶対に首を縦に振らないのです、とルクセンはため息をついた。

「陛下があなたの身上を憐れんでいることは、わたくしどもも理解しています。ですがこのままでは、イエンツィエとの外交問題となりかねません」

ルクセンの言葉には、長い間ヴェルシアの内政に携わってきた賢者としての重みがあった。ツィツィーにも彼の言うことが正しいと理解出来る。

「……今、陛下を取り巻く状況は非常に厳しいのです。先代の崩御から間もない上、臣下からの上奏をことごとく切り捨てている。寡黙な人柄も、理解されなければ人心は摑めない」

「……」

「先代のディルフ様も恐ろしい方ではありましたが、我々臣下の心を掌握することにとても長けておられた。今なお父帝を支持する者は多い。そんな中、ガイゼル陛下の勝手でイエンツィエとの関係がこじれるようなことがあれば……」

それより先は、聞かずとも明らかだった。

押し黙るツィツィーの前に、一枚の羊皮紙が置かれる。

「暫定的ではありますが、これは我が国からラシーに対して、友好を保障する文書です。少なくともガイゼル陛下の御代では、ヴェルシアがラシー相手に戦いを仕掛けることはないでしょう。どうかこれをもって、ツィツィー様には二国の安寧をお祈りいただきたい」

ルクセンの口調は柔らかかったが、はっきりとした意志を含んでいた。彼の指に嵌められた指輪の青紫の石をぼんやりと見つめながら、ツィツィーはそっと文書を手に取る。

（私の存在意義は、ラシーに争いを招かないこと――）

手の中にその結果がある。きっと半年前のツィツィーであれば素直に喜び、この要請を聞き入れていたことだろう。だが――

（私は、陛下を守りたいと……）

イシリスの湖を、寂しそうに見つめていたガイゼルの横顔を思い出す。

ツィツィー、と何度も呼ばれたこと。皮肉めいたことを言うくせに、心の中ではツィツィーを心配してばかりいること。ツィツィーの気持ちが追いつくのを、ずっと待ってくれていること。

表情には出せない。

けれどツィツィーの心の中だけで、涙は溢れる。

（私は、……わたし、は……）

本当は、離れたくない。

だが、真にガイゼルのことを思うのであれば――ツィツィーが取るべき行動は、たった一つしかなかった。

今日から住所不定です。

ラシーに戻ったツィツィーを迎えたのは、文書に対するおざなりな労いと、その倍はある嘲りの言葉だった。

「だから言ったじゃない、ヴェルシアの第一皇妃なんて、アンタに務まるわけないの」

「そもそも、先代の慰み者になるはずだったんでしょう？　本当に陛下に見初められたなんて、まさか思っていないわよねぇ」

「相変わらず気持ち悪い髪と目。せっかくいなくなったと思ったのに出戻ってくるなんて」

到着後、休む間もなく呼び出された広間には、父王と母だけではなく、ツィツィーの姉たちも待ち構えていた。文書が王へと渡る間も、ひそひそと囁く姉たちの声がツィツィーの耳に入る。

だがツィツィーは毅然とした態度で礼をして、そのまま場を辞した。

当然のように塔の一角へと追いやられる。ツィツィーが不在の間管理する者などいなかったようで、敷物やカーテンには埃が溜まっていた。窓を開けると、南国ならではの湿気を含む風が吹き込んでくる。

（……短かったけれど、とても楽しい時間だったわ）

ツィツィーはそっと左手を眺めた。その薬指には澄んだ薄青色の石が輝いている。

本当は置いてくるべきか迷ったのだが、ガイゼルとの思い出まで失われてしまう気がして、どうしても手放すことが出来なかった。

（陛下と一緒にいられて、私、幸せだった……）

キラキラと光を弾く宝石を、指先でそっと撫でる。「勝手に外すな」と不機嫌そうに告げたガイゼルの顔が、まるで昨日のことのようにツィツィーの脳裏をかすめた。

ラシーでは、一度破婚された女性を娶る男性は少ない。

その相手が大国ヴェルシアの皇帝ともなれば、皆無と言ってもいいだろう。

おまけにラシーではツィツィーの異質な容姿を褒めてくれる人はおらず、今後自分は生涯この暗い部屋で過ごすことになる。

だがツィツィーは自らの選択を、一つも後悔していなかった。

これでイエンツィエの姫は晴れて第一皇妃になり、きっとガイゼルを支えてくれることだろう。そう思うだけでツィツィーは、これから先に訪れるすべての悲しみを乗り越えられる気がした。

だが翌日、事態は急転する。

早朝、ツィツィーの部屋のドアがけたたましく叩かれた。慌てて開くと、血相を変えた王宮の近衛兵が「すぐに来てください！」とツィツィーの手を掴む。

何が何だか分からぬうちに王宮へと走らされたツィツィーは、謁見の間にいる人物を見て驚愕した。そこにいたのは現王である父とその正妃である母、側妃、姉たち——そしてガイゼルだった。いつもの黒い外套を翻し、手には愛用の長剣が握られている。

「やっと来たか」

ガイゼルはツィツィーの姿に気づくと、さっさと歩み寄り片腕で抱き上げた。突然のことにきょとんとするツィツィーを携えたまま、ガイゼルは父王に向かって叫ぶ。

「騒がせたな」

「へ、陛下……⁉」

そう言うとガイゼルは、もうここに用はないとばかりに赤い絨毯を歩いていく。途中近衛兵たちが行く手を阻もうと盾を構えるが、ガイゼルの一払いで、玩具のような音を立てながら弾け飛んでいった。誰もが彼の発する異常なまでの威圧を前に、身動き一つとれない。

ガイゼルは玄関ホールを堂々と後にし、そのまま外へと向かう。正門前には己の愛馬である黒馬が繋がれており、ツィツィーをその鞍の上に乗せると自身もすぐに跨った。

周囲に他の護衛や従者の姿はない。

まさか、一国の皇帝が、単身ツィツィーの迎えに来たとでもいうのだろうか。

「陛下、あの」

だがツィツィーが尋ねる間もなく、ガイゼルは黒馬を走らせた。大通りを駆け抜け、市門を越え――ラシーの街はあっという間に離れていき、やがて見えなくなる。

勢いよく疾走する馬上でツィツィーは叫んだ。

「ガイゼル様！　どうしてこんなことを」

「それは俺の台詞だ」

冷たく呟いたガイゼルの言葉に、ツィツィーはこくりと息を呑んだ。それは、と反論を口にしようとするツィツィーの元に、ガイゼルの心の声が流れ込んでくる。

『――やっと会えた……会いたかった……！　無事でよかった……少しやつれたか？　どうして、俺の傍からいなくなったんだ？　やはり俺が……嫌いになったのか？』

「……私、は……」

ガイゼルはツィツィーを抱きしめたまま、片手で器用に馬を駆っていく。

その速度はすさまじく、ツィツィーは振り落とされないよう、必死に縋りつくことしか出来なかった。

その後も黒馬は、ラシー周辺に広がる砂漠地帯を力強く疾駆する。

ヴェルシアからラシーまではかなりの距離があり、とても一日でたどり着けるものではない。ガイゼルは陽が落ちるのを見越して、途中にある小さな町での宿泊を決めた。

雑多な雰囲気の店が並ぶ裏通りを、二人は黙々と歩いていく。

ガイゼルは砂除けを外套の上に羽織っており、ツィツィーも似たような上着を町に入る前に着せられていた。着の身着のままでは、さすがに素性がばれてしまうからだろう。

賭博場や色町を通り過ぎ、ガイゼルは酒場へと向かった。二階が簡易の宿泊所になっているらしく、禿頭でがっしりとした体格のオーナーが部屋の鍵をガイゼルに手渡す。

「あんたら、ヴェルシアに行くのかい？　あの国は皇帝の代替わり以降、荒れているらしいぞ」

「そうか」

彼がその皇帝ですが……と言うわけにもいかず、ツィツィーは二人のやりとりをはらはらした気持ちで見つめていた。だがガイゼルはそれ以上何も言わず、二階に続く階段を上がる。

指定された部屋は簡素なベッドと机、椅子が一つずつあるだけだった。ガイゼルはベッドに腰かけ、ツィツィーにも適当に座るよう告げる。だがツィツィーはためらい、立ったままガイゼルと向き合った。

室内に緊張した沈黙が流れる。先に口を開いたのはツィツィーだった。

「……どうして、こんなことをしたんですか」

「どうして、とは？」

「だって、一国の主ともあろう方がこんな真似……。それに私はもう、陛下とは何の関係もないですし」

「お前が勝手に出て行っただけだろう。俺は別れた覚えはない」

ガイゼルの冷たい視線に、ツィツィーは臆しそうになる心を必死に奮い立たせる。

「それは、……こうすることが、陛下のためだからです」

「誰がそんなことを決めた」

「誰だって分かります！　こんな私より……もっと大切にするべき方がいるじゃないですか……」

ツィツィーは、ぽろり、と自分の目から涙が零れたのが分かった。

一つ言葉にしてしまうと、思いはあとからあとから溢れてくる。

「勉強だって付け焼き刃だし、皇妃らしい毅然とした態度もとれない。……それにラシーからも、なんの後ろ盾も得られない」

「……私では何の力にも、なれない……」

「陛下の理想を叶えるためには、私ではだめなんです。」

「ツィツィー、俺は」

「それに私は！　……元々は先代に贈られるはずで、それを陛下は……可哀そうに思って、引き取ってくださった、だけ……で」

（ついに……言ってしまった……）

考えてはいけない、と無意識に蓋をしていた疑心。

ガイゼルの思いはいつだって本物で、ツィツィーのことを心から愛してくれていると分かっていた。それでもどこか不安で——確かめたかったのかもしれない。

ガイゼルがどうして、自分のことをこんなにも大切にしてくれるのか。

それは愛情なのか——もしかしたら、ただ同情しているだけではないのか。

乾いた木の床に、ぽつぽつと水滴が染み入る。

（こんなことを、伝えたかったわけじゃないのに……）

本当は、すごく——すごく嬉しかった。

もう会えない、と思っていたガイゼルが突然現れて、驚き目を剝く父や姉たちをよそに、ツィツィーを迎えに来てくれたのだから。

でも彼はヴェルシアの皇帝。

ラシーの姫などに、情けをかけていい人ではない。

「私は、第一皇妃などという器ではありません。陛下にはもっと、お似合いで、素晴らしい方が隣に立つ、べきで……」

最後の方は、涙で言葉にならなかった。再び静寂が部屋を満たす。

やがてガイゼルがはあ、とため息をついた。

「言いたいことはそれだけか」

「それだけ、だなん、……て⁉」

気づけば、ツィツィーはガイゼルに抱きしめられていた。逞しい胸板を前に、ツィツィーはどうすればと困惑する。だがガイゼルは、回していた腕にさらに力を込めた。

「悪いが俺は、憐憫のためにお前を娶ったわけじゃない。俺は——お前だから第一皇妃にと望んだんだ」

「私、だから……？」

「そうだ。お前は覚えていないだろうが、俺は以前ラシーで、お前と会ったことがある」

その言葉に、ツィツィーは先日見た夢を思い出した。

まさか、あの時出会った黒髪の少年が、幼い頃のガイゼルだった……？

「俺は母を亡くしたあと、王宮を追われ……しばらくの間ラシーに身を寄せていた。あの頃の俺にとって、母親は絶対的な存在だった……」

感情表現が得意でなかったガイゼルは、母の葬儀でも一度として涙を流さなかった。その姿を見て『可愛げのない子どもだ』と囁く大人たちも多かったという。

しかし幼い子どもが母を失って、悲しくないはずがなかった。

ガイゼルはそれを表に出すすべを、ただ知らなかっただけ。

「どうしたらいいか分からなくて、一人彷徨っていた。そんな時、お前に会った」

ツィツィーだけが、ガイゼルの崩れかけた心を拾い上げてくれた。

「あの時、俺はお前に救われた。あれからずっと——もう一度会いたいと、それだけを願っていたんだ」

ガイゼルの声がかすれ、抱きしめる力が再び強まる。

同時に彼の飾らない心が、ツィツィーの胸になだれ込んできた。

『あの時、俺がどれだけ嬉しかったか……どれほど心の支えになっていたかなんて、お前は知らないんだろうな……でも俺はあの日からずっと、お前と再会できる希望だけを胸に生きてきたんだ。本当に……ずっとずっと、好きだったんだ……』

「ガイゼル、様……」

ツィツィーの小さな呼び声が聞こえたのか、ガイゼルはようやくその力を緩めた。だが腕の中から解放するつもりはないらしく、ツィツィーを見つめたままはっきりと告げる。

「俺は、お前が好きだ。お前以外を妻に迎えるつもりはない」

ガイゼルの深い海色の瞳に、ツィツィーの姿が映り込む。奥に秘められた真剣な思いを感じ取ったツィツィーは、そっと睫毛を伏せた。

「……イエンツィエの姫とのお話は、どうなさるのですか」

「断る。婚姻以外にも、国の繋がりを強める方法はある」

「他の国からも申し出があったら？　有力な貴族の令嬢だって……」

「断る。俺は、お前以外はいらん」

その言葉を聞いて、ツィツィーはそっとガイゼルの胸に手を置いた。とくん、とくん、と確かな拍動が伝わってきて、ツィツィーはそのまま額を押しつける。ガイゼルの体に腕を回し、力強く抱きしめた。

「……ツィツィー？　……泣いているのか」

顔を上げないまま、ツィツィーはふるふると首を振る。その様子にガイゼルはくすりと笑うと、ツィツィーの頬に両手を添えて上向かせた。

「嘘をつくな」

「……だって、……だって……」

真っ赤になっているツィツィーの目元に、ガイゼルは口づけを落とした。頬を伝い涙が零れるのに合わせて、反対側にも、額にも。嬉しさと恥ずかしさとでいっぱいいっぱいのツィツィーは、ガイゼルが降らせるキスの雨を、ただ甘んじて受け入れていた。

『まいった……泣かせたくないと思っていたのに、……ああでも……もういいか。愛しくて、仕方がない……』

「――一緒にヴェルシアに帰るぞ、ツィツィー」

「……はい」

　ようやく泣きやんだツィツィーを見て、ガイゼルは優しく微笑んだ。ツィツィーの眦に親指を寄せると、残った雫をそっと拭う。はにかむようにツィツィーが目を伏せると、腰にガイゼルの手が下りてきた。二人の距離はさらに縮まり、ツィツィーは衣服越しに、ガイゼルの心音をはっきりと感じとる。

（すごく、ドキドキしてる……）

　するとガイゼルはツィツィーの頬を指先でそっと撫でた。腰に回していた腕にぐっと力を込められたのを感じ、ツィツィーはおずおずと顔を上げる。

　視線の先には――真っ直ぐにツィツィーを見つめるガイゼルがおり、目が合った途端、唇が「ツィツィー」と動いた。ガイゼルの顔が傾けられ、ツィツィーもまた静かに瞼を閉じる。

　その直後、柔らかい感触が唇に触れた。

漏れた熱い呼気が口元に触れ、ためらいがちに離れる。

「……」

二人はどちらともなく、視線をずらした。

ツィツィーは遅れて高まってきた羞恥心に、今更ながらドキドキする。

と、そこでようやく一つしかないベッドの存在を思い出した。

(……ど、どうしましょう、やっぱり、この先も……)

だが、ガイゼルの方を見ようとしても、恥ずかしさのあまり直視することが出来ない。うろたえるツィツィーをよそに、ガイゼルは抱きしめていた腕に力を込めた。思わずびくりと身を固めたツィツィーは、恐る恐るガイゼルの方を見上げる。

「ガ、ガイゼル、様……?」

「……」

押し黙ったままのガイゼルに不安になり、ツィツィーはたまらず声をかける。だが彼の悩ましい心の内が届くのに時間はかからなかった。

『あー……いや、……だめだ。今はダメだ。止まらなくなる。だって見てみろ、こんなに緊張してる。ここまでの行程もかなり無理をさせているし、この先も長い。大体初めてがこんな場所なんて、ツィツィーに悪い。いや、しかし……』

「へ、陛下！」

二度目の呼びかけに、ガイゼルはようやくはっと意識を取り戻した。目をぱちくりとさせているツィツィーに気づくと、何ごともなかったかのように体を離す。

「……明日も早い、今日は休め」

何かを堪えるようにそう告げると、ガイゼルは何故か部屋の外に出ようとしていた。慌ててツィツィーが呼び止める。

「休めって、ガイゼル様はどちらに」

「少し頭を冷やしてくる。ベッドはお前が使え」

そう言うとガイゼルは、足早に廊下に消えていった。その背中をぼうっと見送っていたツィツィーだが、やがてへなへなとベッドへ座り込む。

両手で顔を押さえると、声にならない悲鳴をあげた。

（ど、どうしたら良かったのー！）

ひとしきり悶えたのち、ツィツィーは思い出したように自身の唇に手を添えると、顔を真っ赤に染め上げた。

翌日、二人は再びヴェルシアに向けて駆けていた。

昨夜のこともあり、最初は少しぎくしゃくしていたが、お互いの心が通じ合ったという充足感のおかげか、ツィツィーは昨日よりもしっかりとガイゼルに体を預ける。

今日投宿するのは、砂漠帯と緑地帯の境にあるオアシスを拠点として発展した街だった。豊かな自然と水に囲まれた明媚な景色が有名で、交通の要衝にもなっている。

入ってすぐの大通りでは、どこまでが店でどこまでが客か分からないほど、多くの商人と観光客で溢れ返っていた。

「相変わらずにぎやかですね……」

「ウタカは東と西の合流点で、商隊や巡礼者たちの中継地になっているからな」

人が集まるということはそれだけお金も集まるということで、ウタカは非常に豊かな街だった。広場には大道芸人や吟遊詩人がおり、人々は活気に満ちている。

大通りを抜けると整備された石畳の街路になり、道幅が倍ほどに広がった。中央には水路が設けられており、両側を彩るように鮮やかな花々が飾られている。ラシーの生態系と近いのか、どれも目もくらむような赤色や橙色だ。

どうやら観光客を楽しませるために造られた場所らしく、植物だけではなく、さまざまな動物たちも飼育されているらしい。

その一角でツィツィーは思わず足を止めた。

「ガイゼル様、あれは何という動物ですか？」

「……ハシビロコウだな」

淡紅色のフラミンゴや極彩色のオニオオハシには目もくれず、ツィツィーが一心に見つめていたのは、地味な羽色の巨大な鳥だった。

青みがかった灰色の羽で、足は節くれて長い。蹴られたらひとたまりもなさそうだ。下手をするとツィツィーとあまり変わらないのでは、と思えるほど背が高く、何より特徴的なのがその顔だった。

立派な嘴と鋭い目つき。先ほどからまったく身じろぎしていないが、生きているのだろうか。特に目はきりりとした金色で、今はじっと二人の方を睨みつけている。

「なんだか、ガイゼル様に似ていますね」

「……」

どこか嬉しそうなツィツィーに対し、当のガイゼルはさして興味なさそうにハシビロコウに目を向ける。すると向こうも気づいたのか、ガイゼルを黙々と注視した。

『似ている……俺がこの、何を考えているかまったく分からない無愛想な鳥と……？　どういう意味だ……？』

「あ、す、すみません！　行きましょう！」

うっかり本音が出てしまい、ツィツィーは慌ててガイゼルの背を押した。まだ少し納得のいかなそうな表情を浮かべているガイゼルと向かったのは、街で最大と言われている宿泊施設だ。

正面には金や銀で装飾された朱塗りの門が建てられ、内部は南方のシダ植物をモチーフとした噴水や、人工の滝のようなものまで造られている。ヴェルシアやラシーとはまた違った風情の建物だ。

どうやら豪商や貴族といった富裕層向けの宿らしい。

「ガイゼル様、良いんですか、こんな立派なところ……」

「ウタカは中立国だ。危険はない」

金銭的な意味で聞いたのだが、よく考えてみればガイゼルは一国の――それも巨万の富を有する国の皇帝だ。本来であればこうした宿に泊まるのが普通で、昨日のベッド一つしかない部屋の方が異常だったのだろう。

（またベッドが一つだったらどうしようかと思っていたけど……ここなら大丈夫そう）

ツィツィーはほっと胸を撫で下ろしたが、同時に少しだけ『寂しい』という気持ちも抱いてしまった。しかしすぐに首を振り、雑念を追い払う。

ところが受付をすませ、案内された部屋に入った瞬間、ツィツィーは言葉を失った。

（……一つしかない……）

通されたそこは、昨日とは正反対の豪華な客室だった。二部屋を繋いだ造りになっており、一方はソファとテーブル。もう一方には天蓋付きの立派なベッドが鎮座している――大人二人が寝てもまだ余りある、キングサイズのベッドが。

「うちでいちばん上等のお部屋をご用意させていただきました。どうぞ、今後ともごひいきに……」

「あ、は、はい……」

ごゆっくりどうぞ、とお決まりの言葉を残して女中は立ち去った。ガイゼルが旅装を解く間、ツィツィーは所在なげに室内を見回したのち、とりあえず入り口の扉の傍に立つ。すると怪訝そうな顔でガイゼルが首を傾げた。

「何をしている？」

「え、ええと、どこにいたらいいかと……」

「好きなところに座れ。それよりも支度をしろ」

「支度、ですか？」

そう言うとガイゼルは、砂が入らないよう、いちばん上まで留めていたシャツのボタンをはずしながら答えた。

「風呂に行くぞ」

――中央に飾られた獅子の像を見ながら、ツィツィーは大きく息を吐き出した。

浸かっているのはほどよく温められた泉水で、湯には数種類の薔薇の花がぷかぷかと浮かんでいる。湯船は、ちょっとした大家族が三組くらいは入れそうなほど広々としていたが、時間が早いせいかツィツィー以外の人影はない。

ぱしゃん、と水音を立てながら、ツィツィーは赤くなった顔を両手で覆った。

（うっかり勘違いするところでした……）

ツィツィーの必死の抵抗も虚しく、ガイゼルに連れてこられたのは、宿泊者用の湯あみ所だった。男女に分かれた入り口の前で「女は風呂が長いからな、ゆっくり浸かれ。俺は先に部屋に戻っておく」と宣言したのち、ガイゼルがどこか嬉しそうに男湯へ向かっていったのを思い出す。

（もしかして、お風呂が好きなのかしら……）

故国ラシーでは一年中熱帯夜なため、わざわざ熱い湯に浸かるという習慣がない。せいぜい冷たい水風呂や流水を浴びる程度だ。

逆にガイゼルの国であるヴェルシアは、寒冷な気候ということもあり、水を温めるというだけでも相当の資源を費やす。そのため暖炉や調理以外に火を用いるという機会が乏しく、これだけの湯をふんだんに使える、というのは皇帝といえどとても貴重なことなのだろう。

（でも正直……すごくありがたいかも……）

一人で帰国したのに始まり、ガイゼルが迎えに来てくれてからも、ツィツィーは休むことなく移動し続けていた。そのため知らないうちに疲れが溜まっていたようだ。それにこれからヴェルシアに戻るまでの行程も、かなり大変だったはず。

潤沢に注がれるお湯のせせらぎに耳を傾けながら、ツィツィーは湯船の縁にもたれかかった。ふわふわとした暖かさにまどろむツィツィーだったが、突然はっと目を見開く。

（どうしよう、……もっとちゃんとお手入れした方がいいのかしら⁉）

湯船に入る前、専門の女中が丁寧に身体を磨き上げてくれたのだが、連日の無茶が災いしたのか、肌は少し焼けて荒れていた。指先だって、以前王宮で手入れされていたほどの輝きはない。

（でもまだ、……そうと決まったわけではないし、陛下だって長旅でお疲れでしょうし、あ、明日もあるし……でも万が一……⁉）

鼻をくすぐる薔薇の芳香の中、ツィツィーは一人うんうんと唸った。

結局ツィツィーは、もう一度自分で丹念に身を清めたのち、髪も磨き上げてもらった。湿気の残る髪をリボンで軽くまとめ、腰紐で締めるだけの簡単な部屋着を纏って浴場を後にする。

気づくと相当時間が経っており、間違いなくガイゼルは部屋に戻っているだろうと、ツィツィーはややためらいがちに廊下を歩いていた。窓の外にはいつの間にか夕暮れが迫っており、地平の向こうに沈む陽光が漏れ出している。

（だ、大丈夫……ちゃんと綺麗にしたし、変な匂いもしないはず……）

こっそりくんくんと鼻を動かす。仕上げにつけてもらった薔薇水の香りに、ツィツィーはよしと気合を入れ直した。

冷静を装いながら、ノックをして部屋に入る。だがソファで本を読んでいたガイゼルの姿を見つけた瞬間、ツィツィーの心臓は飛び跳ねた。

「遅い」

「す、すみません……」

言葉こそ短いが、どこかからかうような口調で、ガイゼルはツィツィーを迎え入れた。恐る恐る部屋に入ったものの、所在なく立ち尽くすツィツィーに気づいたのか、ガイゼルは顎で自身の隣を促す。

「失礼します……」

ぴったりとくっつくのはさすがに恥ずかしく、少しだけ距離をとってツィツィーはソファに腰かけた。膝の上で拳を握りしめたまま硬直していたが、沈黙に耐え切れずちらりと隣に座るガイゼルを覗き見る。

ガイゼルの黒い髪は適度な湿り気を含み、いっそう艶々と輝いていた。今は文章を追っているのか、深い海色の瞳は長い睫毛と共に伏せられている。白い肌はわずかに上気しており、男性だというのに抑えきれない独特の色香を漂わせていた。

「──なんだ？」

ツィツィーの視線に気づいたのか、ガイゼルがこちらを見つめ返してきた。その目はどこか熱を帯びており、ツィツィーはこくりと息を呑む。

するとそれを合図と悟ったのか、ガイゼルは手にしていた読み物をテーブルに置くと、ツィツィーの頬に左手を伸ばした。

（──っ！）

ツィツィーは思わず目を瞑る。

だがガイゼルの指は頬を通り過ぎ、ツィツィーの結んでいた髪へと伸びた。するり、とまとめていたリボンが解かれ、濡れたツィツィーの髪がはらりと肩に落ちる。その冷たさを感じた瞬間、ガイゼルは一気に距離を詰め、かぶさるように唇を奪ってきた。

「──ん、」

左手は顎に添えられ、もう一方の手はツィツィーを抱き寄せるように腰に回される。同じお風呂に入ってきたはずなのに、発される呼吸の温度がまるで違った。

そんなツィツィーを煽るように、ガイゼルは角度を変えて再び口づける。ちゅ、と水を含んだ音にツィツィーは耳が熱くなるのが分かった。

やがて顔を離したガイゼルは、はあと大きく息を吐き出す。その顔は先ほどよりも火照っており、あまり余裕はなさそうだ。ようやく解放された、と口を開いたツィツィーを、今度は横向きに抱き上げる。

「へ、陛下!?」

「ガイゼルだと言っているだろう」

不敵に笑いながらも、どこか上機嫌なガイゼルに持ち上げられたまま、二人は寝室へと移動した。ぼすん、とふかふかのベッドに下ろされ、ツィツィーは必死に起き上がろうとする。

するとガイゼルが、それを阻止するように覆いかぶさってきた。部屋には暖かいオレンジ色の照明が満ちていたが、ガイゼルの黒い髪がそれを隠す。

ツィツィーの手首を寝台に縫いとめるように握り込むと、再び唇を寄せてきた。

（ちょ、ちょっと待って、心の準備が……！）

『ツィツィー……』

心の中で甘く名前を呼ばれ、ツィツィーはさらに混乱する。ガイゼルの全身は火傷しそうなほど熱を帯びており、苦しげに吐き出す息は艶めいた色香を孕んでいた。

初めて見る雄々しさにツィツィーは少しだけ身を強張らせたが、やがて覚悟を決めて目を瞑る。ガイゼルの顔が少しずつ近づき、――そのままツィツィーの首筋へと下りてきた。

ん、と短い声を漏らしたツィツィーだったが、はたと奇妙なことに気づく。

（陛下の体が熱い――熱すぎない!?）

慌てて体を起こそうとするが、ガイゼルは微動だにしない。正確にはツィツィーの肩に額を寄せたまま、起き上がることが出来なくなっていた。

ええーっ!? と心の中で悲鳴を上げながら、ツィツィーはなんとか逃げ出そうと身を捩る。すると何を勘違いしたのか、ガイゼルが艶っぽい瞳をツィツィーに向けた。

「どこに……行く……」

「ガイゼル様!? ダメです、ひどい熱が!」

朦朧とした意識のまま、ガイゼルは懸命にツィツィーを抱き寄せようとしたが、その手も恐ろしく熱い。よく見ればガイゼルの顔も首も真っ赤になっており、やがてツィツィーを腕に閉じ込めたままばたりと意識を失った。

(ど、どうしましょう!? 風邪!? 熱中症!?)

よくよく思い起こしてみれば、この部屋に入ってから、ガイゼルの心の声はほとんど聞こえてこなかった。おそらく熱で思考回路がとっくに故障していたのだろう。

「ガイゼル様!? だ、誰か、誰か助けてくださいー!」

最後の気力を振り絞ったのか、ツィツィーの腰に回されたガイゼルの腕はがっちりと固められている。逃げ出すことが出来ない、とツィツィーは柔らかいベッドに沈み込みながら、必死に外部に助けを求めたのだった。

「――脱水症状ですね」

「すみません……」

「疲れもあるのでしょう。少しゆっくりしていれば回復すると思います」

結局、ツィツィーの叫び声にすわ強盗かと駆けつけてくれた下男によって、二人は無事救出された。頭を下げて医師を見送ったあと、ツィツィーはベッドに横たわるガイゼルの元に向かう。

処方された薬と水分が効いたのか、先ほどよりも寝息が穏やかになっている。しかしまだ頬の赤味は引いておらず、ツィツィーはガイゼルの額にあったタオルを取ると、そっと盆の中の氷水に浸した。

（きっと、ずっと無理をしていたんだわ……）

絞ったタオルを戻しながら、ツィツィーは自分の情けなさに恥じ入った。考えてみれば馬車でゆっくりと帰国したツィツィーとは違い、ガイゼルは単騎で昼夜を分かたずラシーに駆けつけたわけだ。下手をすればその間、休みを取っていない可能性だってある。

（それなのに私は、自分のことばかり気にして……）

己を罰したい気持ちになり、ツィツィーは静かにうつむいた。するとほんのわずかにだが、ガイゼルの心の声がツィツィーの中に落ちてくる。

『ツィツィー……？』

「……ガイゼル様？」

慌てて顔を上げると、ガイゼルがうっすらと瞼を開いていた。まだ覚醒しきっていないのかぼんやりとした様子であったが、左手を上げるとベッドの端にあったツィツィーの銀髪の先を手慰みに掴む。

まるで子どものような仕草に、ツィツィーはきょとんと動向を見守った。するとガイゼルは言葉にはしないものの、心の内でぽつりと続ける。

『良かった……ちゃんと、いるな……』

表情は相変わらず不愛想なままだが、心の声はどこか安堵したような穏やかな口調だった。ツィツィーの髪を指で軽く引っ張りながら、切なそうに目を細める。

『また、……いなくなってしまったかと、思った……』

やがてガイゼルは、再び眠気が襲ってきたのかすうと目を閉じた。髪に絡めていた手も力を失い、ずるりと脇に滑り落ちていく。

『頼むから……何も言わないまま、俺の前から消えないでくれ……』

「……」

ようやく心の声が聞こえなくなり、ツィツィーは投げ出されたガイゼルの手をそっと持ち上げた。ごめんなさいと呟きながら、愛おしむように彼の指に自身の両手を絡める。

離婚を決意した時、ツィツィーは突然いなくなったことに、ガイゼルに一言も伝えずにラシーへと戻った。

こうして今も、夢うつつの中でうなされるほどに。ガイゼルは心底驚いたのだろう。

「……はい。もう二度と、勝手にはお傍を離れません」

ガイゼルの大きな手を引き寄せ、自身の頬に押し当てる。まだ少し熱い――剣を握る、戦う男の人の手だ。ツィツィーはこれまでにない満ち足りた思いを胸に、ガイゼルに向けて泣き笑いのような表情を浮かべた。


ガイゼルが目を覚ますと、そこは薄暗い部屋の中だった。窓辺からうっすらと月明かりが差し込んでおり、かろうじて室内の様子が確認できる。

（……しまった……気を失っていたのか……）

風呂に入ったまでは良かった。だが部屋に戻ったときにどうするべきかと考えあぐねた結果、普段より長湯をしてしまった。

火照った体を冷まそうと、部屋でゆっくりしていたところにツィツィーが戻ってきて、――ソファで抱き寄せたまでは覚えているのだ。が。

（……どうやら、ひどいことはしていないらしい）

自身の左腕をたどると、ガイゼルの手をしっかりと抱きしめたツィツィーが、ベッドに体を預けてくうくうと眠っていた。無造作に広がる前髪を整えてやりながら、ガイゼルは思わず微笑む。

（この無防備さは、信頼されているのか、男として見られていないのか……）

起こさないよう注意しながら、そうっと上体を起こす。

摑まれていた手を慎重に抜き去ると、頰に落ちていたツィツィーの髪を耳にかけさせ、こめかみに軽く口づけを落とした。無意識なのか、ツィツィーの口元から「ん、」と短く声が漏れ、ガイゼルの体の奥が少しだけ熱くなる。

（――今は早く、ヴェルシアに戻る方が先だ）

ガイゼルは自身の不埒を払うように首を振り、はあと疲れた息をついた。

それから独り寝にはあまりに広すぎるベッドと、翌日体が痛くなりそうな姿勢で眠るツィツィーに視線を向けると、ガイゼルはようやく稼働し始めた思考回路で、静かに何かを考えていた。

――翌朝、目覚めたツィツィーは仰天した。

（な、え、ど、どうして、こんな状況に⁉）

それもそのはず。ベッドの脇に置かれた椅子に座っていたはずが、何故かベッドの中──しかも、ガイゼルに背後から抱きしめられる形で横になっていたからだ。

とりあえず向きを変え、ガイゼルの額に手を当てる。熱はすっかり下がっており、ツィツィーはひとまずほっと息をついた。

だがあまりに近すぎるこの体勢に、眠るガイゼルに慌てて声をかける。

「へ、陛下⁉　これは一体」

「……が、」

「が？」

「ガイゼル……」

「ガイゼル様！　しっかり！」

今まで寝起きを共にしたことがないので知らなかったが、ガイゼルはどうやら朝が弱いらしい。必死に叩き起こそうとするツィツィーをよそに、再び眠りの世界に落ちていく。

その際、ツィツィーの体をより強く抱きしめるものだから、こちらとしてはたまらない。

おまけにガイゼルの格好は、苦しいだろうと気遣ったツィツィーが、部屋着を緩めた時のままで──鎖骨はおろか、厚い胸板と引き締まって割れた腹が目に飛び込んできた。肌色の刺激が強すぎて、ツィツィーは急いで固く瞼を閉じる。

(ど、どうして私までベッドに……⁉)

実のところ、夜中に目を覚ましたガイゼルが、ツィツィーが体を傷めないようにとベッドに寝かしただけなのだが、どうしたことか無意識に抱き寄せてしまったらしい。

そんなこととは知らないツィツィーは、さらにパニックになりながら、懸命にガイゼルの腕から逃げ出そうともがく。

「ガイゼル様！　起きて、起きてください！」

『柔らかい……いいにおいがする……』

「寝ぼけないでー！」

いよいよ心の声だけしか聞こえなくなり、ツィツィーは腰に回されていた太い腕を掴んで揺さぶった。豪華なベッドがぼふんぼふんと揺れ、ツィツィーは次第に汗だくになっていく。

やがて這う這うの体でツィツィーがベッドから抜け出しかけた頃、折悪く、朝食を運んできた女中がドアを開けた。

乱れたツィツィーの格好。腰にすがりつくガイゼルの腕。心なしか上気した頬——。

すべてを察した女中は、神の御使いのような慈愛に満ちた笑みを浮かべると、すぐにぱたんと扉を閉じた。ある意味有能である。

「あ、待って、違うんです！　誤解です！」

恥ずかしすぎる、とツィツィーは必死になって叫んだ。

「……何をそんなに怒っている」

「怒ってなんていません」

『熱を出したからか？　それとも勝手にベッドに運んだことか、それとも……』

「――っ」

ウタカを後にした二人は、再びヴェルシアに向けて黒馬を駆っていた。

馬の疲労を考慮しつつ、昼間の時間帯を中心に走っていく。日没を迎える前に近くの村や町に入り、適度に体を休めた。

本当はもう少し余裕のある行程で移動すべき距離なのだが、いまだ不安定な情勢のヴェルシアに、皇帝が長期不在であるというのは当然好ましくない。ツィツィーを慮ってか、ガイゼルは口にはしないものの、帰国を急ぐ意思がはっきりと感じられた。

道々の旅の宿も、さすがにウタカほどの立派な施設はなかったが、それなりに綺麗でベッドも常に二つある部屋を手配してくれた。

ツィツィーはそのたびに緊張していたが、ガイゼルには長旅の疲れや一度倒れたという負い目もあったのか、結局あれから一度として同衾することはなかった。

そうして七日ほど移動を続けていると、地表にうっすらとした雪が見え始めた。

あと少しだと馬を走らせ、陽がだいぶ傾きかけた頃、ようやくヴェルシアの市門が姿を見せる。ガイゼルは少しずつ駆足の速度を落としていき、番人たちが見張る門の前にたどり着いた。

そのまま王宮に向かおうとしていた二人を、ある兵士が呼び止める。

「――失礼ですが、ガイゼル皇帝陛下とお見受けいたします」

その時、ツィツィーはぞわりとした恐怖を感じた。

はっきりとした心の声が聞こえたわけではない。

だが兵士が抱いている不穏な感情に、体が無意識に反応してしまったのだろう。

「……貴様、何の用だ」

(だ、だめ!)

その瞬間、ツィツィーはガイゼルの腕をぐいと強く引いた。

突然のことに、ガイゼルは大きく体を傾ける。すると今までガイゼルの顔があった位置に、先ほどの兵士が槍先を突きつけていた。

「国賊ガイゼル・ヴェルシア――あなたを捕らえるよう、令が出ています」

その言葉を皮切りに、周囲の兵士たちも一斉に馬を取り囲むと、ガイゼルに向けて武器を構えた。動揺したツィツィーは、何か訳があるのだろうと相手に理由を尋ねようとした――が、それよりも早くガイゼルは手綱を握り直すと、囲みを蹴散らしながら黒馬を市街地の方へ走らせる。

「陛下!? これはいったい……」

「――ッ！」

突然の強行に、ツィツィーは背後のガイゼルを振り仰いだ。しかしガイゼルの表情は険しく、ツィツィーはそれ以上の言葉を呑み込んでしまう。

大通りは人でごった返しており、ガイゼルはその隙間を縫うように疾駆し続けた。後ろを見ると、同じく馬で追いかけてくる兵士の姿があり、ツィツィーは恐怖に襲われる。

すると突然、ツィツィーの体がふわりと浮き上がった。

どうやらガイゼルによって抱きかかえられたようで、二人はそのまま疾走する馬上から飛び降りた。着地の際にすさまじい音がし、ツィツィーは慌ててガイゼルを見つめたが、ガイゼルは一言も発さないまま裏路地へと転がり込む。

物陰に身を潜め、追っ手が行き過ぎるのを待つ。だが街中を捜索する兵士の数は徐々に増え始め、あちこちから二人を捜す声が近づいてきた。

（どうしましょう、このままでは……）

こくりとツィツィーは息を呑む。

すると身を隠す二人に向かって、一人の女性が声をかけた。

「もしかして、妃殿下ですか？」

「……リジー⁉」

ツィツィーの声に反応して、ガイゼルが咄嗟にかばう姿勢を取った。だがリジーは大丈夫です、と武器がないことを示すように、大慌てで両手のひらをこちらに向ける。

やがてリジーはくずおれるように地面に座り込むと、ツィツィーの前に膝をついた。

「本当に……本当にツィツィー様なのですね……！」

「ええ、私よ。やっぱりリジーなのね」

「はい。良かった……お二人とも、お怪我はありませんか？」

こくりと頷くツィツィーを見て、リジーは安堵の涙を滲ませた。

「本当に本当に心配いたしました……」

「……ごめんなさい、リジー」

リジーはふるふると首を振ると、ご無事でよかった……とかすれた声を漏らした。ツィツィーも思わず目を潤ませるが、今はそれどころではないと現状を確認する。

「リジー、一体何があったの？」

「……王宮内の先代派が、クーデターを起こしました」

その言葉を、ガイゼルは静かに聞いていた。

「ガイゼル陛下を排斥する……と。本邸の使用人は、皆お暇を出されました」

「陛下を、排斥する……⁉」

もしかして、とツィツィーは青ざめた。

「陛下が私を迎えに来たことが、原因に……？」

「――違う。元々、限界だっただけだ」

兵士たちの足音がさらに増した。

リジーは自身の外套をツィツィーにかぶせると、そっと奥に続く道へと導く。

「ここを抜けると、市門の脇に出ます。そこから逃げてください」

行くぞ、とガイゼルがツィツィーの手を引く。離れていくリジーにありがとう、と小さく口を動かしながら、ツィツィーは必死になって裏道を走った。

リジーの言葉通り市門の傍に出た二人は、今すぐここから離れようと急ぐ。ガイゼルの追跡に人を取られているのか、手薄になっている馬留から適当に縄を解いた。

だが運悪く、残っていた兵士の一人に見つかってしまう。

「いたぞ！」

兵士の叫びを聞いたガイゼルによって、ツィツィーは慌ただしく馬の背に押し上げられた。ガイゼルも鞍に飛び乗ると、馬の腹に強く拍車を押し当てる。

馬は驚いたように駆けだし、二人はみるみる市門から離れていく。その光景にツィツィーは少しだけ安堵したが、すぐに三～五頭の馬群が迫ってきた。

「——ッ」

ガイゼルも懸命に馬を走らせるが、次第に彼我の距離が縮まっていく。やがてガイゼルが急に手綱を引いたかと思うと、馬は高い声で嘶きながら踏みとどまった。

積雪で気づかなかったが、二人の眼前には深い崖が切れ落ちており、これ以上進むことが出来ない。その間にも、兵士たちは背後からじりじりと迫ってくる。

すると先頭の一人が、ガイゼルに向けて叫んだ。

「ガイゼル様、我々と——」

だがガイゼルは、再び強く馬の腹を蹴ると、そのまま崖に向かって走り始めた。驚くツィツィーの体を強く抱き寄せると、低い声で囁く。

「——絶対に、俺を離すな」

兵士たちの動揺する声が遠くで聞こえたかと思うと、次の瞬間ツィツィーは、ひゅ、と体が浮いたのが分かった。続けざまに襲うのは、猛烈な揺れと衝撃。

「——ッ！」

ガイゼルは、崖の急斜面を馬で駆け下りていた。

ほぼ落下にも近い角度だったため、勢いが止まらず、制御は不可能な状態に陥っている。どちらが上か下かも分からぬほど体が傾ぎ、ツィツィーは言われた通り、ただ必死にガイゼルの体にしがみついていた。

――さく、と蹄が積もった雪を踏みしめる。

ひどく疲れた様子の馬が、一歩、二歩とぎこちない歩様で冷たい北の大地を歩いていた。周囲は針葉樹が茂り、完全に日の落ちたその場所は、白と黒だけの世界になっている。家の明かりはおろか、動物の気配すらない。

ガイゼルは朦朧とした意識で、馬の背に揺られていた。腕の中では気絶したツィツィーが冷たくなっている。抱きしめたい、と思っても寒さにやられた指先には、そのわずかな力すら残っていなかった。

（……ツィツィー……）

やがて、ガイゼルはどさり、とツィツィーを抱いたまま地面に落ちた。真っ白な雪原に、黒い髪と外套が広がる。

その頬には、今なお大粒の雪花が降り積もっていた。

パチリ、と薪の爆ぜる音で、ツィツィーは目を覚ました。

ゆっくりと体を起こす。暖炉の炎だけが室内を照らしており、壁の傍にいくつか木箱がある以外、目立つものはない。どうやら古い山小屋のようだ。

しばらく状況が摑めずぼんやりとしていたツィツィーだったが、少し離れた位置にガイゼルが横たわっているのを見つけ、慌てて近づいた。

「ガイゼル様……！」

そっと体に触れる。

ひどく冷たくなってはいるが、呼吸も安定しており、間違いなく生きている。ツィツィーは心の底から安堵すると、急に自身の力が抜け落ちていくような感覚がした。

「――まだ寝てろ」

突然、低い声が割り入った。ツィツィーが弾かれたようにそちらを向くと、そこには立派な髭を蓄えた、屈強な男が立っている。右手には小さい手斧が握られており、ツィツィーは警戒心を露わにした。

「こいつも無事だ。安心しな」

「……あなたは」

「命の恩人になんて目を向けやがる」

はあ、と男はため息をつき、反対の手に持っていた薪を火の中にくべた。新しい木を舐めるように炎は燃え上がり、薄暗い部屋を揺らぎながら照らす。

どうやらヴェルシアからの追っ手というわけではなさそうだ。

「す、すみません……少し、事情がありまして」

「まあ、そんな格好で山に入るくらいだ。普通とは思わんが……」

そう言われて、ツィツィーは自分たちの身なりを見直した。旅装のままだったから、身分が特定されるようなものはない。傷だらけになった服を見て、ツィツィーはようやく今の状況を思い出した。

（たしか兵士に追われて、崖を飛び降りたんだわ……）

落下の衝撃でツィツィーは気を失ってしまったらしい。ガイゼルはそれからしばらく馬を走らせたのだろうが……一体どこまで来てしまったのだろう。

「助けてくださり、ありがとうございます。それで、……ここはどのあたりか、教えていただけないでしょうか」

「……イシリスだ。といっても、北のはずれで、いくつか小さい集落があるだけだがな」

イシリス。

以前訪れた懐かしい地名に、ツィツィーの心が少しだけ緩む。

もちろんヴェルシアの支配下である以上、油断は出来ない。だがイシリスの北方はこの季節移動が非常に困難で、物資や食糧もなかなか届かなくなると聞いたことがある。であれば、本国からの手も回っていないかもしれない。

(良かった……すぐに捕らえられるということはなさそうだわ……)

しかし今ガイゼルが目覚めたところで、二人には行くべき場所がなかった。

(帝都には戻れない……でも私の国にも帰れない……)

ツィツィーは穏やかに眠るガイゼルを見つめ、思いつめたように一人息をつく。

「あの……無理を承知でお願いしたいのですが」

「……なんだ」

「この冬の間だけで構いません、……ここに置いていただけないでしょうか」

――どさり、と重たい何かが玄関の前に落ちた。

音を聞きつけたツィツィーが駆け寄ると、外から扉を開けたガイゼルが、大きな鹿の脚を土間に引っ張り込んでいる。

「おかえりなさい！　すごい、立派ですね」

「ああ。偶然見つけて、運よく仕留められた」

「助かります。すぐにご飯にしますね」

最初の頃、鹿の生肉など見たことがなかったツィツィーは、血の量とグロテスクな質感に震え上がっていた。しかしこの厳しい環境下で生易しいことは言っていられない、と奮闘した結果、最近ではすっかりお手のものとなっている。

ガイゼルが防寒具を置く間、ツィツィーはふと数週間前のことを思い出していた。

屈強な男はディータと名乗り、集落に娘と二人で暮らしていると言った。

「村では助け合いが基本だ。それを忘れるな」

ディータはそれだけ念を押すと、使われていないという小屋の一つを貸してくれた。そこでガイゼルは『ゼル』、ツィツィーは『ツィータ』と名を偽り、若夫婦として暮らし始めることとなった。

——あれだけの無茶をしたというのに、ガイゼルの傷は奇跡的に軽いものだった。

ツィツィーが目覚めた翌朝には意識を取り戻し、無理やり起き上がろうとするので必死になって押しとどめた。苦渋に満ちた声で「危険な目に遭わせて……すまなかった」と謝るガイゼルに対し、ツィツィーは彼の手を握りしめたまま、涙ながらに否定したのを覚えている。

体調がまだ万全ではない間、かいがいしく世話を焼くツィツィーに対し、ガイゼルはラシーに戻るようにと何度も促してきた。だがツィツィーは頑として首を縦に振らず、ガイゼル様のお傍にいますと突っぱね続けた。

やがてガイゼルは一週間も経たずに動けるようになり、二人でディータの元に報告とお礼に行った。さすがのディータもその回復力に少し驚いていたが、ただ短く「良かったな」と言ってくれた。

その後ディータに呼び出され、二人はようやく村の住民らと顔を合わせた。
「狩りは男たちの仕事だ。獲れた獲物は分け合う」

集落には年寄りや幼子も多く、若く体格のいいガイゼルは特に歓迎された。

最初こそよそ者であることに引け目を感じていたツィツィーだったが、覚悟していたような仕打ちはなかった。あとから聞いた話だが、実はディータたちも他からここに移ってきた住民らしく、彼のおかげで新参者に対する偏見が薄いのだと知る。

そんなディータは今では皆のリーダー的な存在になっているらしく、ガイゼルに狩猟の方法や道具について教えてくれた。

一方ツィツィーを世話してくれたのは、ディータの娘だというアンリだった。歳は七〜八歳くらいだろうか。癖のある黒髪が可愛い女の子だ。

「男の人が狩りをしている間、女の人は保存食や町で売る商品を作るんだよ！」

そう言って連れてこられた集会所では、穫れた作物を乾燥させたり、寄木細工を作ったりといった作業が行われていた。女性たちはツィツィーの出身や、ここに来た事情に興味津々のようで、最初はかなりの質問攻めを受けた。だが女性側のリーダーらしき人物が現れると、皆揃ったように口を閉じるのが面白い。

始めた当初は慣れないことばかりで、ツィツィーは何度も怒られた。それでも必死に仕事を覚えようと努力を続け――そうして二人は、ほんの少しずつ村人たちの中に溶け込んでいったのである。


「今日の狩りはどうでしたか？」

「まあまあだな。だがいくつか罠を張った。明日もう一度手分けして確認する」

「大変ですね……」

「ああ。ここにいると、一人では何も出来ないと思い知らされるな」

ガイゼルは最近ようやく笑顔を見せるようになってきた。

相変わらず口数が多いわけではないが、今日はどこに行っただの、そろそろ何が採れるだのを、言葉少なにツィツィーに話してくれる。

最初はやむにやまれぬと思って始めた生活だったが、王宮で暮らしていた時よりも、本当のガイゼルと触れ合えているような気がして、ツィツィーは幸せを感じるようになっていた。

そしてもう一つ、気づいたことがある。

（最近陛下の心の声が、あまり聞こえなくなっている気がする……）

最初は、単に波長が合いやすいだけかと思っていた。

だが、おそらくそれだけではない。

出会ったばかりのガイゼルは、先代皇帝よりも認められなければならない、隙を見せてはならないと常に気を張っていたため、本心を表に出すことが出来なくなっていた。

その結果、普通の人よりも内なる声が大きくなってしまい——その今にも発露しそうな心意を、ツィツィーが受け止めたのだろう。

しかし誰もガイゼルの正体を知らないこの集落では、そんな虚勢を張る理由もない。ただの一人の青年としてのガイゼルが必要とされている——そのことがガイゼルの心を良い方向に傾けているのかもしれない。

「ツィツィー」

夕飯を終え、片づけを始めようとしたツィツィーをガイゼルが呼び止めた。振り返ったツィツィーは言葉を待つが、ガイゼルは何故か視線をそらしたまま黙り込んでいる。

「どうかしましたか？」

「いや……すまない。何でもない」

不思議そうに首を傾げるツィツィーを、ガイゼルは静かに見つめていた。だが少しだけ口角を上げると「先に休む」と言って寝室へと入っていった。

すると扉が閉められる一瞬、ガイゼルの呟きが落ちる。

『俺は……このままでいいのだろうか……。何とかしてツィツィーだけでも、安全な場所に……』

（陛下……）

思いつめたガイゼルの声を聞き、ツィツィーは一人表情を陰らせた。

日々この生活に順応していくように見えたガイゼルだったが、その一方で時折皇帝の片鱗を見せることがある。そのたびに、ツィツィーは自分でも理由が分からないほど胸が痛むのだ。

（ずっとこのままではいられない……でも……）

現実から目を背けているだけなのは分かっている。それでも、今この二人だけで過ごす幸せな時間のことを思うと、ツィツィーは何も言えなくなるのだった。

　そうしてヴェルシアに戻る手立ても見つからぬまま、時間だけが淡々と流れていく。

　その日もいつものように、集会所で寄木細工を手にしていた時のこと。

　アンリが無邪気に発言する。

「ツィータとゼルは、どっちが先に好きになったのー？」

　ツィツィーは動かしていた作業の手をぴたりと止めた。

　するとその反応が面白かったのか、周りの女たちも会話に参加してくる。

「それちょっと気になってた！　ゼルさんくらい良い男ってそうそういないよね？　一体どこで知り合ったの？」

「やっぱりヴェルシアとか？　こんな村じゃ、みんな小さい頃からの顔なじみだから、今更ーって感じなんだよねえ」

「ええと、それは……」

　どうやらイシリスでも端の方となると、帝都の情報はあまり入ってこないようだ。ガイゼルが即位して一年程度という理由もあるだろう。皇帝だとばれていないのは助かったが、どう返せばいいのか、とツィツィーはたじろぐ。

「ねー、どっちー？」

「わ、私から……でしょうか……」

最初はただ恐ろしい皇帝だと思っていた。

だが表情と本音が違うことを知り、先代からの重責に屈しまいと、一人で頑張っている姿を見た。争いを避け、国を治めていきたいのだと——その姿にツィツィーは惹かれたのだ。

（あれ、でもたしか陛下は小さい頃の私に会って、それからと……）

であれば、ツィツィーよりもガイゼルの方が先に好きになったということになる。

しかし二人がラシーで出会ったのは十年も前のことだ。……まさかそれ以来ずっと、好意を持ち続けてくれていたというのだろうか。

ツィツィーの顔が徐々にのぼせていくのを、女たちはどこか生温かい目で見守っていた。既婚者たちに至っては「あたしにもそんな時代があったねえ」と豪快に笑っている。

やがて女性の一人が、あーあと肩を落とした。

「いーなあ。わたしもゼルさんみたいな旦那ほしい！」

「あんたじゃ無理でしょ。ツィータくらいおしとやかじゃないと」

「そんなことない！　女だって強気にいかなきゃ！」

そう言うと女性は、強く拳を握りしめてツィツィーに向き合った。

「ツィータも、受け身ばかりじゃだめだよ！」

「う、受け身、ですか？」

「そう！　じゃないと飽きられちゃうんだから」

「まずそういうところを直しなさい！」

　ごめんなさいね、ともう一人の女性が微笑みながら制する。ツィツィーはしばし呆気に取られていたが「みんな、手が止まっているよ」というリーダーの声に、慌てて作業を再開するのであった。


　台所の火の前で、夕食の準備をしながらツィツィーはぼんやりと考える。

（積極的に……）

　確かに、今までのあれそれはすべてガイゼルがリードしてくれた。互いの思いが通じ合ってからも、基本的にベッドは別にしてくれている。それはおそらく、ツィツィーの気持ちが追いつくのを待ってくれているのだろう。

　しかし言われてみれば、キスですらガイゼルに任せっぱなしで、ツィツィーからしたことはない。あの女性の言う通り、ツィツィーからも行動すべきなのだろうか。

（飽きられる、……のは、嫌かも……）

初めてイシリスを訪れた日のことを思い出すかのように、ツィツィーはそっとガイゼルからもらった指輪に視線を落とした。そこでふと奇妙なことに気づく。

（あれ……この指輪、こんな色だったかしら）

記憶では薄青だったはずの宝石が、何故か深い青紫色に変化している。ガイゼルの瞳によく似た美しい色合いだ。

（光の加減かしら？　それか寒さで変色してしまったのかも……）

ツィツィーは確かめるように、そろそろと手を傾ける。

すると、突然ガタンと入り口の戸が揺れた。

「――ただいま」

ツィツィーは一気に現実に引き戻され、慌ててガイゼルの元へと向かう。黒い外套の肩には雪花が積もっており、ガイゼルのまとう外気の冷たさに、ツィツィーは改めて外の寒さを知った。

「おかえりなさい、今日もお疲れさまでした」

「ああ」

ガイゼルが素っ気なく答えると、その口から白い湯気がはあと生まれた。脱いだ外套を受け取りながら、ツィツィーはそっとガイゼルの唇を盗み見る。

いつもは皮肉や意地悪を言い、時には情熱的な愛を告げる。そして自身の唇に触れ合った時には――と想像したあたりで、ツィツィーはたまらず目をそらした。

（わ、私、何を、考えて……）

外套を壁掛けに掛けながら、ぶんぶんと首を振る。すると落ち着かないツィツィーの奇行に気づいたガイゼルが、訝しむように眉を寄せた。

「俺の顔に何かついているか？」

「い、いいえ！　なんでもありません！　すぐにご飯にしますね」

その後夕飯を終え、片づけをすませたツィツィーが暖炉の元へ戻ると、珍しいことにソファで横になったガイゼルが眠っていた。ここに来てしばらくは、緊張と警戒で安眠出来なかったようだが、極寒の中で働く日々で、疲労が溜まっていたのだろう。

静かな寝息を立てるガイゼルに、ツィツィーはそっと毛布を掛ける。だが重みが増しても一向に起きる気配はない。

（よほどお疲れなのね……）

ぱちぱちと音を立てる暖炉の熱を背中に感じながら、ツィツィーはガイゼルの前にしゃがみ込んだ。

ガイゼルの伏せられた睫毛が、頬に長い影を落としている。普段は縦皺が刻まれていることが多い眉間も、今は穏やかに開いていた。通った鼻筋は美しく、綺麗に整った口元に視線を向けた――あたりで、ツィツィーは再び赤面する。

（今なら、大丈夫かしら……）

一文字に結ばれた薄い唇を前に、ツィツィーはこくりと息を呑んだ。ソファの縁に指先をかけると、そっと上体をガイゼルの傍に近づける。

だが唇が触れる——そのすんでのところで、先に鼻の頭がガイゼルの顔にぶつかってしまった。

（——!?）

ツィツィーは急いで離れると、ガイゼルから距離を取った。だが熟睡しているのか、目覚める様子はない。胸を撫で下ろしたツィツィーは、再びそろそろとガイゼルの傍へと歩み寄った。

（い、意外と難しいんだわ……）

されている時は考えてもいなかったが、上手くやらないとかなり恥ずかしい思いをするようだ。ツィツィーは一つ呼吸を置くと、勇気を振り絞ってもう一度ガイゼルの口元へと接近する。

わずかに開かれた唇を前に、そっと自身の顔を寄せる——が、

（——ッ）

最後の最後で怖気づいたツィツィーは、唇ではなく、ガイゼルの頬に口づけを落とした。それも一瞬のことで、ツィツィーは触れたか触れないかという速度で、すぐに体を起こす。

唇には出来なかったが、それでもツィツィーの心臓ははち切れそうなほど音を立てていた。

（も、もう、これ以上は無理！）

指先で口元を覆うと、ツィツィーは急いで立ち上がる。眩暈がしそうなほど顔が火照っているのが分かり、ツィツィーは逃げ隠れるように寝室へと移動した。


ソファで寝ていたガイゼルは、ぱちりと瞼を持ち上げた。

その顔がかっと赤くなり、二～三度瞬きしながら、先ほどの状況を思い出す。

（……待て。どういうことだ）

確かに今日は心地よい疲労感があり、ここでまどろんでいたのは覚えている。

そこにツィツィーがやってきて、しばらくじっとガイゼルを見ていたのは分かった。眠気に抗えなかったガイゼルがそのままにしていると、突然ツィツィーがガイゼルに近づいてきたのだ。

（急に起きたら、驚かせてしまうかと……）

だが一度目は鼻が触れただけで、ツィツィーは驚いて離れてしまった。どうすべきかと悩んだガイゼルだったが、祈るような気持ちでそのまま寝入ったふりをする。

すると祈りが通じたのか、ツィツィーは恐る恐るといった様子で、再びガイゼルの元へ戻ってきてくれた。ごくりと固唾を呑んでいるのを感づかれはしまいかと、ガイゼルは必死に心を凪の状態にする。まるで狩りをしている時のようだ。

やがてガイゼルの頭上に、ゆらりと影が差した。

騙しているかのような居心地の悪さに、目を開けるべきかとガイゼルは逡巡する。だがツィツィーから口づけてくれることなど今後二度とないかもしれない、と女々しく言い訳をしながらその時を待った。

その直後、唇ではなく、頬に触れる柔らかい感触。

ふっくらとしてなよやかなそれは一瞬でいなくなった。固く目を瞑るガイゼルの横から、ばたばたと慌ただしい足音が離れていく。

やがて完全にツィツィーの気配が消えたところで――冒頭に戻る。

（……いや、別に口じゃなかったから残念だったとか、そういうわけでは……）

誰にしているのか分からない弁解を、ガイゼルは脳内で延々と繰り返す。先ほどより熱が上がったような気がして、そっと自身の頬へ指を伸ばした。

ツィツィーがキスをしてくれた。しかも彼女の方から。

（……だめだ。今はそんな時じゃないだろう。冬が明けたらどうするかを決めなければならないし、ツィツィーの将来のことも考えなければ、……）

ガイゼルは懸命に心に歯止めをかける。

かつての皇帝としての自分と、集落で暮らすただの男としての自分。

最近、その境界線がおぼろげになっている気がして、ガイゼルは自らを律するかのように目を瞑ると、強く唇を噛みしめた。


さらに二カ月ほどが経ち、イシリスの冬は一層の厳しさを見せ始めた。

ガイゼルは元々、剣も弓も一流の腕だったということもあり、狩り手として非常に信頼されるようになっていた。年頃の近い若者たちとも上手くやっているらしく、とても『氷の皇帝』として恐れられていた面影はない。

一方のツィツィーも、最初の頃は不器用だとよく怒られていたが、今日ようやくアンリから「すごく可愛い！　ツィータ、いっぱい練習していたもんね」と作った細工を褒められるまでの成長を見せていた。

本当に少しずつではあるが、集落の人と馴染むことが出来ている。それを実感し始めたツィツィーは、今日も狩猟に出ているガイゼルの帰りを楽しみに待っていた。

「――ただいま」

「おかえりなさい！」

このやりとりも慣れたもので、ツィツィーは嬉しそうに夕食の準備を始める。たわいもがえのない時間。

ない話をし、些細なことで笑い合う。王宮にいた時には考えられないほど、穏やかでかけ

　やがて食事を終え、二人で片づけをしたのち、いつものように暖炉の前に置かれたソファに座る。編み物をしていたツィツィーに向けて、ガイゼルは少しだけ息を吸い込み、緊張した様子で口を開いた。

「ツィツィー」

「はい、なんでしょう」

「その……前にも言ったが、ラシーに戻る気はないのか」

　視線を伏せたままそう告げるガイゼルを見て、ツィツィーは微笑んだ。そのままゆっくりと首を振る。

「前にも言いましたが、帰りません」

「無理に俺に付き合う必要はない。俺はもう……皇帝ではない。何の力もないんだ」

　その言葉に、ツィツィーは胸が締めつけられるようだった。

　編み物の手を止め、そっとガイゼルの手に自身の指先を重ね合わせる。

「ガイゼル様。私は皇帝だから、あなたと一緒にいたかったのではありません」

「……」

「ここに来てから、ガイゼル様は色々話してくださるようになりました。それに王宮にい

た時よりも長い時間、一緒にいられます。私はそれがすごく嬉しいんです」

ツィツィーのその言葉を、ガイゼルは無言のまま受けとめていた。

照れているのか、暖炉の炎が反射しているのか分からないが、顔がいつもより赤く見えるのは気のせいだろうか。

やがてガイゼルは静かに視線を落とすと、今までにないほど穏やかに微笑んだ。安堵とも憂愁（ゆうしゅう）ともとれる表情を浮（う）かべたまま、ツィツィーに向けて語りかける。

「ツィツィー」

「はい」

「お前さえよければ、……このまま、二人だけで暮らさないか」

ガイゼルの提案に、ツィツィーは一瞬だけ返答に迷った。

しかしすぐに顔をほころばすと、嬉しそうに頷（うなず）く。

「実は私も、……そう思っていました」

ツィツィーの返事に、ガイゼルはわずかに目を見開くと、声なく微笑んだ。

このまま二人で。皇帝と皇妃（こうひ）の座を捨てて、ただの男女として生きていく。

それは——とても幸せなことに思えた。

だが同時にツィツィーの胸はずきりと痛んだ——が、今だけは気づかないふりをする。

夢のようなこの時間が永遠に続いてほしい、と祈るように目を閉じた。

やがてガイゼルが、ツィツィーの指先を握りしめる。

そのまま引き寄せられるかのように、二人はそっと唇を重ね合わせた。

一瞬のことだったのか、とても長い間だったのか。ツィツィーが息継ぎを求めて、はふと口を開くと、ガイゼルは手をツィツィーの頰に添えて、深く二度目の口づけをする。

（……ん、）

触れられた指先が熱くて、ぞくっと体の芯に火が灯った。するとガイゼルの右手はするするとツィツィーの首筋を滑り落ち、肩から胸、腰までの輪郭を確かめるように撫でる。

（ど、どうしよう、やっぱり、……？）

怯んだツィツィーが思わず身を引くと、逃がさないとばかりにガイゼルがのしかかってきた。ようやく離れた唇から、欲を孕んだガイゼルの吐息が零れ、だだ漏れる色香にツィツィーはこくりと息を呑む。

ぱちり、と暖炉の薪が爆ぜた。

気づくとツィツィーはガイゼルに組み敷かれており、彼のさらさらとした黒髪が、ツィツィーの鎖骨をくすぐる。三度目のキスは首筋に下りてきて、湿り気を帯びた、自分とは明らかに違う体温が触れることに、ツィツィーは動揺を隠せなかった。

れろ、と名残惜しそうに舌で肌を舐めとると、ガイゼルはようやく顔をもたげ、上体を起こす。わずらわしさを取り払うように、落ちてきた前髪を乱雑にかき上げた。

わずかな灯りを背に受けながら、逆光に浮かび上がる美貌の獣。

暗い海を思わせる青い瞳は、今はツィツィーだけを愛しそうに見つめていた。

「……ツィツィー」

(ひ、ひゃ――!)

今までとは違った意味で、ツィツィーはガイゼルが恐ろしく感じられた。再び乞われた四度目の口づけに必死になって応じながら、これからどうすればいいのか、とツィツィーが混乱していると――突如玄関の扉を叩く音が荒々しく響く。

途端にぴたり、とガイゼルの手が止まった。

しぶしぶ離れた顔をツィツィーが覗き見ると、ひどく不機嫌そうだ。

「……客だな」

『……なんで今なんだ……』

「は、はい!」

久々に聞こえてきたガイゼルの心の声から逃れるように、ツィツィーは服を整えると、急いで土間へと下りた。扉を開けるとそこにはディータがおり、肩で息をしながら早口で尋ねてくる。

「――アンリは来てないか」

「アンリちゃんですか？　いえ、うちには……」

「……そうか」

「何があった？」

ディータの尋常ではない様子に、ガイゼルもツィツィーの背後から会話に加わる。

「家に戻ってこない。あとは山に入ったとしか……」

「俺も捜そう」

素早く防寒具をまとうガイゼルに続き、ツィツィーも慌てて外套を着込んだ。二人が外に出ると、集落の広場にはすでに村の男たちが集まっており、地図を片手にあちこちを仰ぎ見ている。

「手分けして捜した方がいい。三手に分かれて行動しよう」

普段なら指揮を執るはずのディータが焦燥しきっているため、代わりにガイゼルが提案した。地図を指さしながら、ここの崖と岩に気をつけるように、と的確に指示を飛ばしていく。

その手際の良さに、ガイゼルがかつて『戦の天才』と言われていたことを、ツィツィーは思い出した。

（このあたりの地形が、すべて頭に入っているんだわ……）

指示を聞いていた男たちも似たような印象を抱いたらしく、ガイゼルの言葉を真剣に受け止めていた。やがて二つの隊が出発したあと、ガイゼルは残りの一隊を従えたまま、ツィツィーに告げる。

「お前は戻っていろ。危険だ」

「はい。分かりまし――」

た、と言いかけたツィツィーだったが、その瞬間目を見開いた。慌てて手を耳に当てる姿に、ガイゼルが驚いたように声をかける。

「どうした？」

「いま、……声が……」

ツィツィーはさらに意識を集中させた。同じようにガイゼルや他の男たちも耳をそばだてるが、吹雪にも近い風の音が響くばかりで、人の声かどうかすら判別できない。

「気のせいじゃないのか」

「いえ、……でも、確かに……」

そこでツィツィーはようやく、それが心の声だと気づいた。アンリの声であるか自信はないが、助けを求めているようだ。

（どうしよう、事情を言ってみようかしら……でも、もし違ったら……）

だがツィツィーは、浮かんできた迷いを断ち切るように、自分の頬を両手で叩いた。

悩んでいる時間はない。

「お願いです。私の行くところについてきてください」

「何を……」

「お願いします！　時間がないんです！」

いつになく真剣な様子のツィツィーに、ガイゼルはすぐに応じてくれた。他の男たちには当初の予定通り捜索に行くよう指示を出し、ガイゼルはツィツィーの指し示す方角へと共に向かう。

膝下まで積もった雪をかき分けながら、ツィツィーは心の声に集中した。

（……また聞こえなくなった。一体どこなの……）

吹きすさぶ強風の合間から、ツィツィーは懸命にアンリの心の声を聞き取ろうとする。

だが天候のせいもあるのか、聞こえたと思ってもすぐに風の音でかき消されてしまった。

なんとか受心出来ないか、とツィツィーがしきりに腕を伸ばしたり、足を伸ばしたりしていると、その珍妙な身ぶりを見たガイゼルが不思議そうに眉を寄せる。

「ツィツィー？」

「す、すみません！　気にしないでください！」

人命がかかっている。恥ずかしがっている場合ではない。

必死になって再度手を振り上げると、ツィツィーは突風に煽られて大きく後ろによろめいてしまった。するとその一瞬だけ、アンリの声が鮮明になる。

距離が近づいてきた!?　と素早く背後を振り返るも、奇妙なポーズを取るツィツィーを訝しんでいるガイゼルがいるだけで、あとは一面の雪景色だ。

だがすぐに、アンリの心の声が細切れに届くようになる。

『さむ……い……』

（やっぱり、このあたりだわ！）

ツィツィーはわずかな音も聞き漏らさないよう、さらに神経を集中した。頭の芯がぐらぐらするような痺れと吐き気に襲われたが、今は不調を気にしている場合ではない。

もっと近くに、とツィツィーがガイゼルのいる方向に足を進めると、進路を空けるようにガイゼルが道を譲った――すると不思議なことに、先ほどまで流れていた心の声がぴたりと聞こえなくなる。

「あっだめです！　ガイゼル様はそこに立っていてください！」

突然のツィツィーからの命令に、ガイゼルはびくりと肩を震わせた。言われた通りガイゼルが元の位置に戻ると、再び心の声がツィツィーの元に届き始める。

『たす……け……』

どうやらガイゼルの存在が、ツィツィーの受心に影響を及ぼしているようだ。

しかし反応はあれども、正しい方角と距離が分からない。

もっとはっきりとした声をキャッチ出来ないかと、ツィツィーはガイゼルの目の前で何度も繰り返し腕を伸ばす。一方ガイゼルは、何が何だか分からないまま、極寒の雪原で踊ツィツィーは懸命に思考を巡らせる。


るツィツィーを、吹雪から守ることしか出来なかった。

はたから見れば、なんと奇妙な光景だろうか。

（もう少しなのに……どうしたら……！）

するとバランスを崩したツィツィーの手が、眼前にいたガイゼルの体に触れた。その瞬間、アンリの声が一際大きく響く。

「……ツィツィー、さっきから一体何を──」

「動かないでください！」

もう好きにしてくれ、とばかりにガイゼルは無言のまま腕を組み仁王立ちになった。その間にツィツィーは懸命に思考を巡らせる。

ツィツィーがガイゼルの体に触れた瞬間、心の声が良く聞こえるようになったのは間違いない──と、ツィツィーはある一つの仮説を立てる。

（もしかして、ガイゼル様の体を介せば……？）

ガイゼルの心の声は、ツィツィーの受心と抜群に相性がいい。ということは、彼の体を通すことで、逆にツィツィーの受心能力も高まるのではと考えたのだ。

「すみません、失礼します！」

ツィツィーはガイゼルの体にしっかりと両腕を回すと、力の限りぎゅっと抱きしめた。

たまらないのはガイゼルの方だ。

『ツィツィー!? 気持ちは嬉しい、嬉しいが、今はそんなことをしている場合じゃない！ あああ、分かる、早くアンリを助けねば、この寒さではどうなるか、くっ……しかしツィツィーが自分から俺に抱きついてくるなんてことが今まで一度もこれは一体』

「ガイゼル様は黙っていてください!!」

一言も発していないのに、何故か滅茶苦茶怒られたガイゼルは、口を閉じたまま静かに目を瞑った。どうやら心を無にすることを決めたらしい。

そんな内情も知らず、ツィツィーは懸命にアンリの心の声を探る。

(これでどう!? アンリは……)

『――おとうさん、たすけてえ、……』

鮮明なその声に、ツィツィーは思わず目を見開いた。すぐに聞こえてくる方角と距離を見定め、ガイゼルを解放すると早く早くと腕を引く。

「ガイゼル様、こっちです！」

「……分かった」

『……一体何だったんだ……』

アンリの心の声がしたのは、起伏のある丘陵地だった。

しかもこの積雪で、実際の地面の高さすら正確には分からない。奥に続く針葉樹林に分け入ったツィツィーは、迷うことなく一直線に目的の場所へと向かっていく。

やがて立ち止まると、地面に膝をついて叫んだ。

「アンリ！」

「……ツィータぁ……」

ツィツィーの背後からガイゼルも覗き込んでくる。アンリの声が聞こえたそこは、大きな樹木の根が露出した急斜面だった。地表は見えず、下手に動いて滑落すればひとたまりもない。

その斜めになった木々に引っかかるようにして、目を泣き腫らしたアンリの姿があった。どうやら雪で足を滑らせて、落ちてしまったのだろう。

「アンリ、すぐに助けるわ！」

ツィツィーが振り返ると、すでにガイゼルは持っていたロープを手近な木に括りつけているところだった。支えに耐えうるかを確認し、身一つでアンリのいる斜面に下りていく。時折強い風が吹き、ガイゼルの体が弄ばれるように揺らいだ。

そのたびにツィツィーは祈るような気持ちで両手を組んでいたが、ガイゼルは危なげなくアンリの元に下り立つ。

「もう大丈夫だ」

「……ゼ、ル……」

ガイゼルが抱きかかえると、アンリは我慢の限界を迎えたように泣きじゃくった。ひぐひぐとしゃくりあげるアンリに、ガイゼルは当惑したように眉を寄せていたが、やがてぽんぽんと優しく背中を叩く。

「泣いていい。怖かっただろう」

ガイゼルの優しい言葉で気が緩んだのか、アンリはさらにぼろぼろと涙を零す。そんな二人の様子を崖上で見ていたツィツィーは、ようやくほっと胸を撫で下ろしたのであった。

広場に戻ると、先発した男たちが引き揚げてきていた。泣き疲れ、ガイゼルにしがみついたままのアンリの姿を見ると、おおおと勇ましい歓喜の声を上げる。

眠ってしまったアンリはディータに渡され、すぐに医者の元へと運ばれた。

全員が安堵のため息を零し、口々に二人の働きを褒めたたえる。そのうちの一人がツィツィーに尋ねた。

「いやーでもどうして場所が分かったんだい？」

「ええとその、なんとなく、と言いますか……」

えへへとごまかすように笑うツィツィーを、ガイゼルだけが一人静かに見つめていた。

やがてディータが戻ってきたかと思うと、感謝を述べながら皆に頭を下げて回る。ツィツィーとガイゼルに向けても、こちらが恐縮するほど深々と腰を折ったのち、低く響く声で続けた。

「凍傷になりかけていたが、命に別条はないらしい」

「良かった……」

「本当に助かった。……あんたたちのおかげだ」

顔を上げたディータは、まるで眩しいものを見つめるかのように目を細めた。ガイゼルに向けて、力強い声で断言する。

「この恩はいつか、必ず返す」

無骨なディータから真摯な眼差しを向けられ、ガイゼルは少し戸惑っているようだった。だがしばし間を置いたかと思うと、ゆっくりと笑みを返す。

それはかつての臣下たちに見せていた冷笑ではなく、心の底からの謝意を表すかのような——実に穏やかな微笑みだった。

「礼なら、行くあてのなかった俺たちを、ここに置いてもらったことで十分返してもらっている。……その、本当に——ありがとう」

今までなら何を言われても冷たく流していたであろうガイゼルが、素直に感謝を受け入れたことにツィツィーは驚いていた。ディータも同じく意外だったらしく、「あんた、笑うことあるんだな」とつられたように口角を上げる。

　すると『ゼルがデレたらしい』と聞きつけた男たちが、何だ何だと取り囲み始めた。やめろ、と年相応の青年のように照れるガイゼルを見て、ツィツィーは喜びを噛みしめたのだった。


　それから数日後、アンリは無事に元気を取り戻した。

ディータに連れられてガイゼルたちの家を訪れたアンリは、精いっぱいの感謝の言葉を伝えたのち、キラキラとした目でガイゼルを見上げる。

「ゼル！　あのね、大きくなったらアンリと結婚してくれる？」

「……は？」

「だって助けてくれた時、すっごく格好良かったんだもん！　一番目の奥さんはツィータだけど、二番目はアンリ！　ねえ良いでしょ？」

　突然のプロポーズに、ガイゼルはかつてないほど顔を強張らせていた。ぎぎ、と錆びついた機械のような動きでツィツィーの方を振り返る。

　だが当のツィツィーはなんて可愛らしいのかしら、という目でアンリを見つめるばかりで、ガイゼルは一人肩を落とした。

『少しくらい……嫌な顔をしてもいいと思うんだが……』

(えっ⁉)

イエンツィエの姫には遠慮したツィツィーだったが、さすがにアンリほど小さい女の子相手にやきもちを向ける気はない。だがガイゼルは至極真面目な表情で、アンリに諭すように告げた。

「悪いが、俺の妻はこいつだけだ」

えー、と唇を尖らせるアンリに対し、ツィツィーは顔が熱くなるのを抑えきれなかった。確かに自分以外の皇妃を迎えないと約束してくれたが、こんな時まで律義に守ってくれるとは。

(嬉しいけど、ちょっと恥ずかしいかも……)

真剣な顔でアンリに謝罪するガイゼルを見て、ツィツィーは思わず苦笑した。

やがて二人が集落に住むようになって、三カ月ほどが経過した。

その日も澄んだ青空が広がっており、地面を覆う新雪の反射が目に痛い。

「じゃあ行ってくる」

「はい。お気をつけて」

おなじみになった挨拶をし、ガイゼルは今日も狩りへと向かう。

アンリの一件があってから、二人はいっそう集落に受け入れられていた。もしかしたら冬が終わっても、このままここで暮らしていけるかもしれない。

（そうなれたら、素敵なことだわ）

ツィツィーは年を経た二人の姿を想像し、少しだけ照れたように笑う。

だが同時にずきりと胸が痛む。以前と同じ——言葉にならない切なさ。

（……）

わずかに浮かんだ愁いを払うように、ツィツィーは左右に首を振った。自分も集会所に行かないと、とガイゼルの後ろ姿を見送りながら大きく伸びをする。ゆっくりと腕を下ろしている途中、ツィツィーはあれと瞬いた。

（指輪の色……元に戻ってるわ）

濃い青紫色になっていたはずの宝石が、以前と同じ澄んだ薄青色に戻っていた。本当に不思議な石だわ、と感心しつつツィツィーはしげしげと眺める。

（寒さではないとすると……何が原因なのかしら？）

その時、森の方からがさりという音が響いた。

茂みの奥からふらつくように現れたその人物は、ひどく疲れた様子で雪の上に倒れ込む。

音を聞きつけたガイゼルはすぐさま取って返してツィツィーをかばったが、やがて警戒を解いて男の元へと駆け寄った。ツィツィーも慌てて後に続き、相手の顔を覗き込む。

そこにいたのは、金髪に灰青色の目の男。

ガイゼルの幼馴染の、ヴァン・アルトランゼだった。

「……陛下、……」

「ヴァン！　どうしてここに……それにその姿は」

ガイゼルが血相を変えるのも無理はなかった。綺麗だったヴァンの顔には細かな傷がついており、身なりもボロボロで憔悴しきっている。帝都から二人を迎えに来た――にしてはあまりにもおかしかった。

ヴァンはガイゼルの顔を確認すると、安堵したように目を細める。

「陛下、良かった……ご無事で……」

「一体何があった⁉　――まさか、国に異変が⁉」

その一瞬で、ガイゼルの顔つきが変わった。

共に暮らそうとツィツィーに微笑みかけてくれた一人の青年は姿を消し、誰もが恐れるヴェルシアの『氷の皇帝』に変貌する――その姿にツィツィーは差しうつむく。

だが心の片隅では、いつかこんな日が来るのではないかと予感していた。

（陛下は……やはり、ヴェルシアのことを）

間近にいたヴァンも、そのぞくりとする威厳にあてられたのか、大きく目を見開いていた。だがすぐに顔を伏せると、はっきりと告げる。

「帝都が……イエンツィエから攻撃を受けています！」

「――！」

二人で見ようとした幸せな夢は――こうして、呆気なく終わりを告げた。

第五章

受けた恩は返すものです。

馬上の二人が見たものは、ヴェルシア帝都から立ち上る黒い煙だった。

「――数日前、街壁で突然爆発が起きました。それに乗じて、潜んでいたイエンツィエ軍が侵攻してきたんです」

先導するヴァンの言葉を聞きながら、ガイゼルはずっと何かを考えているようだった。ツィツィーはその横顔を見ながら、不安げに唇を噛む。

三カ月前、国賊のそしりを受けたガイゼルは逃亡し、崖から落ちて失踪した――という報告が王宮内でなされた。現場の状況から見て、どう考えても助からない。クーデターを起こした者たちは、ガイゼルは亡くなったものとして、すぐさま新たな皇帝を立てようとした。

ところが、ガイゼルにこてんぱんに叩きのめされていた彼の兄たちは、すでに表舞台から退いており、互いに後継をためらった。そこでとりあえず、どちらが皇位を継ぐか決めるまでの間、暫定的に王佐・ルクセンが国の指揮を執ることとなったのである。

一時は皇帝の不在にどうなることかと不安がっていた臣下たちだったが、先代の治世をよく知るルクセンのおかげで、とりたてて大きな混乱は見られなかった。

おまけにあれだけガイゼルに仕事を振り分けていたランディも、ちょっと留守にすると言い残してふらりと消えてしまったらしい。

ただヴァンだけは——どうしてもガイゼルが死んだとは信じられず、ルクセンに従うふりをして方々手を尽くし、行方を捜していた。しかし一向に情報が掴めず、残すはイシリスの奥地だけとなった時に、イエンツィエの襲撃が始まったのだ。

見る間に侵略されていく帝都を前に『ガイゼル無しでは勝てない』と確信したヴァンは、一縷の望みに賭ける思いで自ら馬を駆ってイシリスを捜索。ようやくあの集落にたどり着いたという。

「本当ならもっと早くお迎えにあがるべきでしたのに、まことに申し訳ございません……。でもご無事で、本当に良かった……」

「お前が謝る必要などない」

ディータには、しばしの間家を空けるとだけ伝えた。

詮索されるかと覚悟していたが、ディータは呆気なくそれを了承した。『帰ったらまた働いてもらうからな』という言葉が『いつでもここに戻ってくればいい』と言われたようで、ツィツィーの心は温かくなったものだ。

ちなみにガイゼルは初め、ツィツィーの同行を認めてくれなかった。

戦地に赴くようなものだと何度も止められたが『どんなことでもする、ガイゼルの手助けをしたい』と懇願するツィツィーに、絶対に傍を離れないことを条件に渋々了承してくれた。

「敵の数は？」

「今は二千というところですが、二陣が待機している様子です。とにかく籠城で防いでいますが、いつまで持つか……」

閉ざされた街の市門を挟んで、ヴェルシアの弓兵が応戦していた。その姿を遠巻きに見ながら、ヴァンは城壁内部へと通じる隠し通路に二人を案内する。

市街地は破壊された場所が多く、投石機や火矢の跡が散見された。市民は家に隠れているのか、通りには駆け回る兵士の姿しかない。道端には傷ついた兵士たちが救護もなく寝かされており、あまりの惨状にツィツィーは絶句した。

人目をかいくぐりながら、三人はようやく城内へとたどり着く。

「――ヴァン、どこに行っていた！」

突然の怒声にツィツィーが振り向くと、騎士団長らしき男性が駆け寄ってきた。だが傍らのガイゼルの姿を見ると、驚愕を浮かべる。

「ガイゼル、陛下……生きておられたのか？」

「ふん。あいにくと死にぞこなったようでな」

ものも言えずにいる騎士団長にガイゼルは一瞥をくれると、今の戦況を問いただした。

「ルクセンはどうした。他の大臣たちは？」

「……軍議をすると王宮に入ったまま、それきりです」

「指示はどうなっている。何故ここまで敵の侵入を許した？」

「……我々だって精いっぱいやっています！　三カ月も姿を消し、何もしなかったあなたが、今更戻ってきてそれを言うのですか！」

戦況がひっ迫している中での激憤だったのだろう。団長の鬼気迫る形相に、場の雰囲気が一気に険しくなった。不安げに動向を見守るツィツィーの前で、ガイゼルは団長の方を向くと——深く頭を下げる。

「——貴様の言うとおりだ。今まで、本当にすまなかった」

「……な、何を……」

「無論、許してくれとは言わない。だが今ここを守らねば、ヴェルシアは滅びる。だから頼む。……俺に力を貸してもらえないだろうか」

かつてのガイゼルとは思えない物言いに、団長は言葉を失っているようだった。

太い眉をぎゅっと寄せ、しばらく逡巡する。やがて短く息をついたかと思うと、ばっとガイゼルに向けて腰を折った。

「我々の力だけでは、もはや守り切れる自信がございません……」

「……」

「ガイゼル陛下、どうかお力をお貸しください」

「俺からもお願いします！」

隣に立つヴァンも頭を下げる。その光景を見たガイゼルは「顔を上げてくれ」と呟き、すぐに城門の方を振り仰いだ。風向きや残っている兵士の数などを目測し、手早く指示を出し始める。

「王宮内にある火薬をすべて集めろ。それから水盆に水を張って門の傍に置くんだ」

「水盆、ですか？」

「正面突破ではなく、地面を掘って坑道を造られる恐れがある。水面を見て、動きを注視しておけ」

「はいッ！」

さらにガイゼルは、次々と近くにいる兵士たちに指示を出していく。

彼らはガイゼルの顔を見るなり、幽霊でも見たかのように呆気に取られていたが、騎士団長が追従するように檄を飛ばしている姿を見て、すべてを察したのだろう。一人、また一人とガイゼルの指揮下に加わっていく。

（すごい……）

その姿に、いつぞやのアンリ捜索の一件を思い出したツィツィーは、改めてガイゼルの戦における才能に感嘆する。やがてガイゼルのもとにはヴェルシア屈強の精鋭部隊が揃い、完璧な指揮系統がなされるまでになった。

――しかし。

「誰が持ち場を変えろと言った！」

一人の男が叫んだ。騎士団とは異なる派手な装備――先代派の貴族の一人だろうか。

男は並び立つ兵士たちを押しのけてやってくると、その中心に立つガイゼルに向けて、驚いた様子もなく無感情に告げた。

「これはこれはガイゼル様。死の淵より舞い戻っていらしたのですか？　だがあなたはもう、この国の皇帝ではない。よって指示を出す権限もございません！」

突然の横やりに、兵士たちの手が一瞬止まった。

だが戸惑う彼らを横目に、当のガイゼルは腕を組んだままただ一言だけ発する。

「――は？」

地獄の底から這い上がってきたかのような、聞く者誰もが畏怖するであろう、絶対零度の声音。深い海色の目はかつてないほどの怒りに満ちており、各指揮官はもちろん、これまでずっと傍にいたツィツィーですら戦慄する。

間近でそれを見てしまった男もまた、ひっと分かりやすく息を呑んだ。だが自らの責務をまっとうせねばと震える声で必死に対抗する。

「ル、ル、ルクセン閣下のご命令です！　ガイゼル様は、こ、皇帝を廃されたのだからと……」

するとガイゼルは大股で男に歩み寄り、そのままの勢いで男を拳で殴り倒した。昏倒し、地面に伏した男を見下ろしたのち、吐き捨てるように告げる。

「――国の危機にくだらんことばかり、よく言えたものだ」

やがてガイゼルは団長以下にさっと指示を出すと、ヴァンを呼びつけた。

「ルクセンのところに行くぞ」

「へ？」

驚いて変な声を上げたヴァンを伴い、三人は足早に敷地の奥にある王宮へと向かう。

ガイゼルは歩きながら、苛立ったように言葉を続けた。

「おそらく――この戦いを手引きした奴がいる」

「ええっ⁉」

驚くツィツィーとヴァンに、ガイゼルは最初の奇襲からイエンツィエ兵の侵入が早すぎたこと、城の守備に対して敵の戦略があまりに的確であったことなどから、ヴェルシア側に裏切り者がいると根拠を語る。

「そいつをあぶり出さなければ、また同じことが起きる」

「で、ですがそんなのどうやって……一人ひとり尋問している暇はありませんよ!?」

ツィツィーもヴァンの意見に同感だ。ガイゼルの考えは正しいと思うが、一体どうやって、このわずかな時間で内通者を見つけるというのか。

（余計な時間はかけられない。でも――）

そこでツィツィーは、思いついたように目を見開く。

「へ、陛下、あの、方法ならあるかもしれません……」

歩く速度を緩めぬまま、ガイゼルとヴァンはツィツィーの作戦を耳に入れる。最初は眉間に深い皺を寄せていたガイゼルだったが、最後には短く了承の言葉を残した。

やがて三人は、クーデターを起こした貴族たちが引きこもっているという、王宮の一室へとたどり着く。

「――行くぞ」

そう言うとガイゼルは、固く閉ざされていた扉を勢いよく蹴破った。

豪華な会議室に集まっていたのは、ガイゼルのかつての臣下たちだった。

大公、公爵、辺境伯……名だたる諸侯たちが、今はガイゼルによって破壊された扉の残骸を見つめ、驚愕の表情を浮かべている。ガイゼルは室内をぐるりと一瞥すると、きわめて冷静に口を開いた。

「貴様らは司令官だろう。このような場所に籠って何をしている」

「ガ、ガイゼル陛下……死んだのではなかったのか……」

「ち、違う、──こやつはもう皇帝ではない！　咎人のお前が何を言って」

「皇帝の名など欲しい奴にくれてやる。だが今は、国の一大事だろうが！」

どうやら諸侯らの間も一枚岩ではなかったようで、ガイゼルを見て明らかな安堵を浮かべる者もいた。だがどちらにせよ懐疑的な視線の方が多く、ツィツィーは彼らを注意深く観察していく。

「敵はすぐそこまで来ているのだぞ！　このまま城を枕に討死するつもりか！」

「し、しかし……」

やがて円卓のいちばん奥にいた人物が立ち上がった。

「落ち着きなさいませ、ガイゼル様」

「──ルクセン」

「我々とて、徒に手をこまねいていたわけではありませぬ。すでに四方へ出兵命令を出しております。あと少し耐えきることが出来れば必ず……」

「それまでこの城が持つと思っているのか、馬鹿め」

「……」

「断言してやろう。俺がここに戻ってくるまでに、軍隊の一つも見なかった。助けなど来ていないぞ」

途端に臣下たちが騒ぎ始める。

「な、そ、それはどうして⁉」

「再度命令を出せ！　今すぐにだ！」

「無駄だ、何度使いを送ったところで援軍は来ない」

「⁉　そ、それは一体どういう……」

「この戦は最初から仕組まれたものだったからだ、――ここにいる、内通者によって」

ガイゼルの言葉に、その場の空気が凍りつく。

今だ、とツィツィーは意識を集中させ、静かに目を閉じた。

暗闇の中、自分の足元から植物の蔦が伸びていく様を思い描く。

この部屋にいるすべての人間の心を探るためだ。

縦横無尽に張り巡らせたツィツィーの意識の上に、少しずつ彼らの感情が落ちてくる。

暗い光。怯える光。疑いの光。

だが対象が多すぎるのだろう。はっきりとした声を掴むことが出来ない。

（――落ち着いて）

ここに来る直前、ツィツィーがガイゼルに頼んだのは、実に簡単なことだった。

内通者がいるとガイゼルが告発したあと、少しでいい、自分に時間をください――と。

（裏切り者が動揺を見せるとすれば、今しかない。……でも……）

しかしツィツィーが考えていたよりも、複数の人の心を読むのは困難を極めた。

元々は使いたくないと思っていた力なのだから、ある意味当然かもしれない。自ら進んで生かそうとしたのは、アンリの遭難騒ぎの時くらいだ。あの時ようやく、この力があって良かったと思えたのに。

（……そうだわ！）

ツィツィーはそこで、ふとあることを思い出した。

（お願いします、――私に力を貸して）

ツィツィーは祈るような気持ちで、前に立つガイゼルの袖をそっと掴んだ。

ガイゼルは一瞬だけ驚いたような仕草を見せたが何も言わず、ツィツィーの動きを臣下たちから隠すように、そっと死角へとかばう。

その間にも臣下たちは、ガイゼルの発言に目の色を変えて騒ぎ立てた。

「な、内通者だと！　一体誰だというのです！」

「防衛設備の機密がイエンツィエに知られていた。貴様らの中の誰かなのは間違いない」

「わ、私は違いますぞ！」

「お、俺もですよ！」

実際に発される声も大きく、感情の幅が揺れ動くようになってきた。ツィツィーは先ほどより『受心』しやすくなっていることを実感しながらも、なかなか決定的な証左を掴むことが出来ず、焦りだけが募っていく。

（声ががんがん響いて、……頭が割れそう……！）

口にする言葉よりも、内なる声の方が直情的なため、ツィツィーの脳裏に遠慮なく突き刺さってくる。大音量で演奏する楽団のど真ん中に放り込まれたような感覚の中、ツィツィーは額に手を当てながら、必死に内通者の感情を探り続けた。

胃の奥からは吐き気が込み上げ、全身からぶわりと汗が噴き出す。

するとガイゼルが、ふいに袖からツィツィーの指を振り払った。

（――――！）

当然のように心の声はかき消え、一時的に脳内の騒音がぴたりとやむ。

だがこれでは内通者を探すことが出来ない、と困惑するツィツィーの手を、今度はガイゼルの方から強く握り返してきた。

（……え？）

しっかりと繋がれたそれは、普段馬に乗る時や舞踏会でリードされる時とは違い、互いの指を組み合わせた貝のような繋ぎ方だった。ガイゼルの長い指が、ツィツィーのそれと絡まり、手のひらの熱さを直に伝えてくる。

（えええ、あの、陛下）

仲のいい恋人同士がするような握り方に、ツィツィーはあたふたしてしまった。だが繋いだところから、不安げなガイゼルの心の声が流れ込んでくる。

『――大丈夫か？』

ツィツィーは弾かれたように顔を上げた。

臣下たちを威圧するガイゼルの目は、今も真っ直ぐに彼らを睨みつけている。その一方で、ツィツィーが何かに苦しんでいると気づいたのだろう。こんな状況でもなお、自分のことを守ろうとしてくれている。その優しさにツィツィーの胸は熱くなった。

ガイゼルは問いかけるように、ツィツィーの手にぎゅっと力を込める。最強の味方を得たツィツィーは再度目を瞑り、意識を部屋全体に集中させた。

暗闇の中、白く這い回る蔦の葉が、床や壁一面に生い茂る様をイメージする。

すべてを。心を。

あちこちで、秘密を抱えた白妙の花が、開く。

（……分かる）

ガイゼルと密に接しているせいか、受心の精度が格段に高まっていく。頭の中の血管がどくどくと拍打つような痛みはあるが、この力に対する代償のようなものだろう。

人々の口から出る、非難、中傷――それに伴う、驚きや怒りの感情。

動揺する者、怯える者、そんなあらゆる心の声の中でたった一人だけ、この場に不釣り合いな思いを抱えた人物がいた。

愉悦。

今この騒乱を、楽しんでいる人がいる。

ツィツィーはゆっくりと睫毛を押し上げた。その人物を直線上に捉え、間違いないと確信する。もう大丈夫と返事をするように、ガイゼルの手を握り返した。

「――裏切り者はあなたですね、ルクセン・マーラー」

臣下たちは最初、それは誰が発した声なのか分からないようだった。

やがてガイゼルの傍に控えていた皇妃のものだと知ると、恐る恐るといった体で王佐の方を振り返る。

名指しされたルクセンは、驚いたように目を見張っていたものの、すぐに穏やかな笑みを浮かべた。

「これはこれはツィツィー様。……ラシーにお戻りになられたのでは？」

「約束を破るような真似をして申し訳ございません。必要であれば、文書はお返しいたします。でも私はやっぱり、陛下の傍にいたいと思います」

「左様でしたか……まあ、ガイゼル様はすでに皇帝ではございません。いかようにもなさればよろしい」

「――俺を廃したのは、お前だろう。ルクセン」

細められていたルクセンの目が、片方だけわずかに開かれた。奥から覗く鋭い眼光は、先代・ディルフ皇帝の補佐時代を思い出させるような、傲然とした迫力に満ちている。

「それについては、否定出来ませんな。ですがそれは、わたくし一人の意思ではございません」

「……」

「ガイゼル様。あなたは我々臣下の進言をことごとく拒否し、幾度となく棄却なされた。かつてのディルフ様のすべてを否定し、自らの国を作るのだと奔放に振る舞いすぎたのです」

「だからと言って、他国を侵略することがこの国のためだとは思わん。自らの力で国を富ますという考えは、お前たちにはないのか」

「我々はディルフ様のお考えあってこそ、覇者となったのです。常に武を示し、属国に抵抗の意を持たせないためにも、争いは必要な動力なのだと」

「失われるものに目を向けずにか。父上が奪ったせいで、どれほどの文化や財産が踏みにじられたと思っている！」

「また青臭いことを……。あなたはまだお若い。我々に任せておけばよかったのです」

はあ、とルクセンは苦笑を滲ませた。

動向を見守っていたツィツィーに視線を動かし、にやりと口角を上げる。

「確かに、王宮内でガイゼル様に対する不満が高まったため、廃位を計らったのはわたくしです。ですがそれは——この侵略とは何の関係もないことでしょう？」

まずい、とツィツィーは焦った。

ルクセンは、ガイゼルを皇帝の座から追ったことは認めた。だがそれだけでは、イエンツィエと内通したことにはならないと主張しているのだ。

（どうしよう、でも……）

ルクセンがこの騒動を望んでいたのは、先ほど掴んだ感情から見ても間違いない。

しかしそれはあくまでも、ツィツィーが聞いた心の声という根拠だけだ。説明をしたところで、証明出来るものではない。

反論がないと見たのか、ルクセンは堂々とした声音で続けた。

「何故わたくしが、内通者などと疑われたのかは分かりませんが……それとも、何か確固たる証拠があるとでも？」

勝ち誇ったような目を向けて、ルクセンはにやりと笑みを零した。

だめだ。このままでは言い逃れられてしまう。何か、彼とイエンツィエの繋がりを特定できるものはないかと、ツィツィーは必死に考えた。

だがつい先ほど来たばかりの場所に、そんな重大なものが存在するわけがない。

「……それ、は……」

「それは？」

「……」

「発言には十分気をつけなさいませ、――元・皇妃殿下？」

ははは、と笑いながら、ルクセンは得意げに指で眼鏡を押し上げた。

（何か……何かないの⁉　彼を追いつめられる、決定的な証拠は――）

ツィツィーは唇を噛みながら、不敵な態度のルクセンを睨みつける。その時、ふと視界に飛び込んできた輝きにツィツィーは瞠目した。

（どうして『色が違う』の……⁉）

ツィツィーはガイゼルと繋いでいた手を解くと、急いで自身の左手を見る。突然の動きに、ガイゼルはすぐさま背後を振り返った。

「ツ、ツィツィー？」

「――見つけた」

そう言ってツィツィーは、左手薬指に嵌めていた指輪を引き抜いた。眼前にかざしながら、高笑いするルクセンに告げる。

「これは、私が陛下からいただいた指輪です。ここについている青い宝石は、イエンツィエの王族しか持てない貴重な石だそうです」

「……そ、それが何か」

「ルクセン様、あなたの指にあるそれも、同じ石ですよね？」

皆の視線が一斉にルクセンの手へと注がれた。彼の指には立派な金の指輪があり、その中央には巨大な薄青色の煌めきが見える。

「何をおっしゃっているのか分かりませんが、これは出入りの商人から買った、ただの――」

「いいえ、これはただの宝石ではありません」

ツィツィーは改めて自身の指輪を確認した。

月夜の晩にガイゼルからもらった時も、ガイゼルを思いラシーで眺めた時も、今と変わらず美しい薄青色を見せていた――だが、それだけではなかったはずだ。

「私があなたと初めて会ったお披露目式の時、その宝石は『青紫色』をしていました。

……あなたから離縁の話を聞いた時もです」

「だ、だから何だというのです」

「あの時は気にも留めていませんでしたが……今、私とあなたの宝石がまったく同じ『青色』をしているのが分かりますか」

ルクセンの顔から、次第に嗤笑が消え始めた。

「私は以前、この宝石の色が青紫になったところを見たことがあります。その時は気温差によるものかと思いましたが……そうではなかった」

宝石が青紫だった場面を思い出す。

舞踏会。本邸の応接室。イシリスでの仮宿。

(共通しているといえば『夜』ということくらい……でも陛下からいただいた時は、変色していなかった……)

同じ夜だというのに、一体何が違ったというのか。

(湖では……月がとても美しく、灯りがいらないほど大きく輝いていて……)

その光景を思い出したツィツィーは、思わずはっと目を見開いた。

そうだ、あの夜は——『灯りがなかった』のだ。

「この宝石は夜。そして——蝋燭や炎といった『火』に照らされた時、濃い青紫色に変化する……そうではありませんか、陛下？」

突然尋ねられたガイゼルだったが、ああと短く答える。

「その通りだ。本来イエンツィエの王族間で独占しているため、手に入れるには俺ですら骨を折った。外の光……太陽や月の光のもとでは薄くなり、炎に照らされると濃くなると聞いている」

「……っ」

「以前私が見た時と石座の意匠も一緒なので、違う指輪とは考えられません。そんな希少な石の指輪を、何故あなたが持っているのか……説明していただけますか？」

ガイゼルとの思い出にと、未練がましく持ち続けた指輪。初めてガイゼルからもらった宝物。——まさかこれが、ルクセンを追いつめる一助になるなんて。

「不満であれば、場所を変えて検証してもらって構いません。ですが色が変わる宝石など、ヴェルシア国内には存在しないはずです」

「……ち、違う……」

「あなたは、……向こうの国の王族と、何らかの繋がりを持っているのでは？」

室内に静寂が落ちる。

しんと静まり返ったその空間に、ようやくルクセンの声が零れ落ちた。

「お、思い出しました！　この指輪は、そう、こ、個人的にいただいたもので……」

「どなたからですか？」

「そ、それは……」

蒼白になり、なおも言い訳を紡ごうとするルクセンの動揺は、誰の目から見ても明らかだった。だが自白させるには、最後の一押しが足りない。

(あと少し……。このままじゃ……逃げ切られてしまう……)

すると平静さを失ったルクセンの心の声が、ほんの一瞬だけツィツィーの耳に入った。

『……くそ、……な……に』

(今……なんて言ったの？　もう少し、はっきり……！)

あとちょっとなのに……とツィツィーは思わず身を乗り出した。すると無意識に震えていたツィツィーの手を、ガイゼルの大きな手が労わるように包み込む。

次の瞬間――ぱん、と四方に霧散するようにあらゆるノイズが吹き飛んだ。

世界が真っ白になり、邪魔をするものは何もない――まるで、自身が無敵となったような空間に降り立ったツィツィーは、思わず何度も目をしばたたき宙を仰ぐ。

だがすぐに意識を集中させると、不安定に揺れるルクセンの心に向き合った。

(――お願い)

ゆっくりと腕を上げる。

細い指を真っ直ぐに伸ばし、哀れな王佐に向けて突きつけた。

不明瞭だったルクセンの心の声が、はっきりと聞こえてくる――受心成功だ。

『……か、ベスター殿下め、何故よりにもよって、こんな変な指輪を寄越した！』

ツィツィーは静かに息を吞んだ。そのままそっと口を開く。

「――ベスター殿下」

「――!?」

「たしかイエンツィエ現国王の弟君で……数年前の内乱以降、国王とは対立関係にある方ですよね……」

言葉にした途端、ツィツィーの世界に色が戻る。

同時に浮かび上がるのは、あのつらかった皇妃教育の日々だ。

（そうだわ……私、ちゃんと教わっている）

無理やりに詰め込んだあまたの家系図や地図が、今はっきりと頭の中に再現される。

教育係が授業中、都度差し挟んできた国際情勢や関係性などが、明確な人の形を取り始めた。これまで文字での知識でしかなかったものが――かつてのイシリスのように――血肉を得て、ツィツィーの力となる。

「ルクセン様の母方に、イエンツィエのご令嬢と婚姻を結んだ方がおられますよね。それにマーラー家の領地はアインツァ地方の北……ここにはイエンツィエの直轄領が隣接しています。交易も頻繁に行われていたはず」

「ベスター……以前何度か会ったことはあるが、今の地位に不満を漏らしていたな。最近いやに静かだと思っていたが……」

「あなたはベスター殿下と共謀し、ヴェルシアの簒奪を企てた。ヴェルシアを奪ったのち、今度はベスター殿下に手を貸し、イエンツィエも乗っ取るつもりで……違いますか？」

周囲がざわりと波打った。

ルクセンは血の気が引いた顔を露わにし、わなわなと唇を震わせている。その有様はもはや、罪を告白しているも同然だった。

ガイゼルはやれやれと首を振りながら、はあと深く息をつく。

「どうなんだ、ルクセン・マーラー」

「ち、違うんです！　陛下、これは」

ガイゼルは、なおも狼狽えるルクセンの傍に歩み寄ると、その襟元をがばっと掴み上げた。綺麗な相貌は怒りに満ちており、視線だけで人を殺せそうな勢いだ。

「——いい加減にしろ。この期に及んでまだ言い逃れする気か！」

だがルクセンは、いよいよ後がないと察したのか、ついに感情を露わにする。

「……あ、あなたがすべての元凶だろうが！」

「何？」

「そうだ！　どうしてわたくしが責められねばならん！　あなたがディルフ様の遺志を継

いでさえいれば、ベスター殿下の手を借りる必要もなかったというのに！」

さすがの言い分に、ツィツィーは眉をひそめた。ガイゼルもまたルクセンに対して渋面になる。だがルクセンは自らの所業を、悪いこととは微塵も認識していないようだ。

「自分が何を言っているか、分かっているのか」

「当然でしょう！　わたくしはディルフ様の右腕だった男です！」

ガイゼルに胸倉を掴まれたまま、ルクセンは氷の瞳を爛々とさせる。

「先代陛下……ディルフ様は素晴らしい君主でした。圧倒的な力で多くの国を蹂躙し、奪い、そのたびに我らは潤った！　ヴェルシアが、ここまでの大国となったのはすべてディルフ陛下のお力と、あまたの戦があってこそ！」

「貴様……本気で言っているのか」

「もちろんです。先代はこの大陸のすべてを支配し、一つにするおつもりでした……それなのに志半ばで亡くなられてしまうなんて……」

そう言うとルクセンは、絶望を思い出したかのように、目尻に涙を滲ませた。澄んだ水のようだった美しい虹彩は、今や過去の狂気と妄信に染まり切っている。

「ですからわたくしは、陛下のご遺志を叶えるためにも、世に冠たる大帝国を作ろうと思ったのです。そのためにはイエンツィエも、他の国も、すべてを！　支配下に置かねばならない！　この戦いは、そのために必要なのですよ！」

悲痛とも思えるルクセンの叫びは、まるで舞台の終演を告げるかのようだった。

周りを取り巻いていた臣下たちは、彼の思いに賛同できかねたのだろう。誰も発言しようとはしない。ツィツィーの隣に立つヴァンも、王佐の狂乱ぶりにあぜんとしていた。

やがて沈黙を破るように、ガイゼルがぽつりと零す。

「――そのために、どれだけの犠牲が出ると思っているんだ」

するとガイゼルは、ルクセンの拘束を乱暴に解いた。突然支えを失い、バランスを崩したルクセンは絨毯の上にくずおれる。

そんな彼を見下ろしながら、穏やかな――しかし威厳に満ちた声でガイゼルは告げた。

「俺は、父と同じ為政者になる気はない。無意味な侵略も、領地を奪う行為もだ」

「まだ、そんなことを……」

「腑抜けな皇帝だと笑うなら笑え。今まで我慢してきたがもうたくさんだ！」

ガイゼルは顔を上げると、怯える臣下たちに目を向けた。

「先代ディルフ帝はもういない！　俺は俺のやり方で、この国を強くする。それが嫌な奴は、全員とっととこの国から消え失せろ！」

空気を震わせるほどの激昂に、事の成り行きを見守るばかりだった面々は、ひいと肩を震わせた。その緊張を破るように、廊下から慌ただしい足音が近づいてくる。

「ほ、報告です！　ランディ様から『ベスター殿下は罪を認めた』と……」

「……っ！」

いよいよ言葉を失ったルクセンに冷たい一瞥をくれたのち、ガイゼルは荒々しい足取りで会議室の壊れた扉へと向かう。

「時間がない、俺に従える奴だけついてこい！」

そう言うとガイゼルは振り返ることなく、再び戦場へと戻っていった。ヴァンは慌ただしく、すぐにその背中を追いかけていく。

一方残された諸侯たちは、突然のことに戸惑っているようだった。

「……わ、我々は、ど、どうしたら……」

「へ、陛下をお助けした方が良いのでは……」

「しかし……」

互いに目配せし、相手がどう動くのかを探っているようだ。それを見たツィツィーは、彼らに向けて静かに問いかける。

「皆さまの心は、もう決まっているのではないのですか？」

「皇妃、殿下……」

「――選びなさい。今ここにとどまって、大切な家族や場所をみすみす失うのか。それとも死ぬ気で立ち向かいこの国を守るのか。……陛下はこれまでずっと、たった一人で戦ってこられました。今度はあなたたちが、その忠義を見せる時でしょう」

その口ぶりは、とても人質として迎え入れられた皇妃とは思えないほど、毅然としており──まさに『第一皇妃』としての威厳に満ちていた。

あまりの迫力に貴族たちが言葉を失っていると、ツィツィーはもうここに用はない、とばかりに踵を返す。

「──私も行きます。失礼いたします」

ガイゼルを追って駆け出すツィツィーを、臣下たちは黙って見送っていた。

すると一人の若い侯爵が席を立ち、廊下へと飛び出した。それを見てもう一人、さらにもう一人と貴族たちが戸惑いつつではあるが、ガイゼルの元へと続く。

いつしかほとんどの貴族が会議室からいなくなり、立ち上がる気力を失ったルクセンは、一人がくりと膝をついていた。

戦陣に戻ってきたガイゼルを、各部の指揮官を従えた騎士団長が迎えた。

場所は半壊した塔の上で、眼下ではたくさんのヴェルシア兵が走り回っている。少し視線を動かすと、城壁周辺でイエンツィエ軍が蠢いていた。その数はこちらのおよそ倍はあり、ガイゼルは指揮官の一人に短く尋ねる。

「状況は？」

「指示のおかげで、先ほどよりは随分とましになりました。ですが、こちらの兵士の数が圧倒的に足りません」

「負傷者も多く、援軍が来るまで耐えられるかどうか……」

「せめて、先代の騎士団長様がいてくれたら――」

口ぶりに焦燥を浮かべる団長たちを見て、ガイゼルはわずかに眉を寄せた。

「助けは来ない。俺たちだけでなんとかするしかない」

「なっ⁉　そ、それはどういう……」

だが説明するよりも先に、城門側で爆発音が響いた。いよいよイエンツィエが最終兵器を投じてきたようだ。明らかな劣勢と知りながらも、ガイゼルは剣を足元に突き立て、騎士たちに向けて高らかに叫ぶ。

「――聞け！　俺はヴェルシア第八代皇帝、ガイゼル・ヴェルシア！　今からお前たちの命、俺に預けてもらう！」

その声に、城内にいたすべての兵士がガイゼルを仰ぎ見た。中にはガイゼルが戻ったことを知らなかった者もおり、国賊のそしりを受けたはずの皇帝がいることに驚いている様子だ。

しかし黒い外套をなびかせ、幾多の敵を薙ぎ払った長剣を手にするガイゼルの姿は――まさに『戦神の化身』と呼ぶにふさわしい勇猛さと高貴さを称えていた。

黒髪の合間から覗く目は、神に近い石と呼ばれるサファイアのような、ほの暗く、しかし実に見事な青紫色。瞳の奥からは怒りとも決意とも言い表せない、強い感情が滲み出ており、ヴェルシアの騎士や兵士たちは、その美しさと迫力に一様に息を呑む。

「我らが倒れれば、次に犠牲となるのは貴様らの家族だ。愛する者を守りたいのなら、絶対にここを守り切れ！　いいな！」

はっ！　と短く、力強い声が城壁内に響き渡った。兵士たちの顔つきが変わったのを確認すると、ガイゼルは背後にいたヴァンに指示する。

「お前はツィツィーを連れて礼拝堂へ行け」

「承知しました」

「へ、陛下⁉　私も」

「だめだ。俺が行くまで、そこに隠れていろ」

ですが、と言い淀むツィツィーを前に、ガイゼルはそっとその手を取った。すくい上げ、指先に口づける。同時にガイゼルの心の声が流れ込んできた。

『――愛している。必ず、生きて戻るから』

「……陛下」

「ここは危険だ。早く行け」

急き立てるように、ヴァンに手を引かれた。ツィツィーは後ろ髪を引かれるような思いで、ガイゼルを残し走り去る。二人の姿を見送ると、ガイゼルもまた各隊を引き連れて、自らの戦場へと向かっていった。

城内はひどい混戦状態だった。

正門を突破したイエンツィエ軍が一気に襲撃をかけてきており、それを約半数ほどの兵士たちで応戦しているという有様だ。傷つき倒れていくヴェルシア兵たちを横目に、ガイゼルは一人で獅子奮迅の戦いぶりを発揮していた。

首級を上げようと複数で襲いかかってくる相手に対し、長剣の一振りで薙ぎ払う。併せて体術でも敵兵たちを次々と昏倒させた。そんなガイゼルの姿に、周囲の兵士たちは目を見張る。

「す、すごい、……」

「そうだった、陛下はかつて、戦いの天才と……」

こちらも敵兵を相手取りながら、彼らはかつての逸話を思い出していた。

――先代ディルフ帝亡きあと、兄弟や親族を巻き込んだ後継者争いが激化した。筋論や貴族間での根回しだけでは追いつかず、いよいよ武力での内乱が始まるかとなった折、今まで政に興味があるそぶりすら見せなかった末弟のガイゼルが単身で立ち回り、気づけば次期皇帝の座を手にしていたというものだ。

だが彼の功績はそれだけではなかった。

偉大なる指導者を亡くし、混乱していたヴェルシアは、他国から格好の標的となっていた。元々隷属させられていることに不満を持っていた国も多く、この機に乗じて侵攻してきたのだ。

騎士たちは連日国境付近を飛び回り、懸命に防衛を続けていたのだが、ある時即位前のガイゼルが現れ、彼らに戦略を指南していった。それにより各地で起きた紛争は徐々に終結し、ガイゼルが皇帝になる頃には、元の平和なヴェルシアに戻った。

このことから騎士団の間でガイゼルは、『戦の天才』と呼ばれるようになったという。

しかしいざ皇帝になった彼は、戦いに関して一切を否定し始めた。また臣下に対し、理解を得るよりも傲慢な態度をとるようになった。

それが貴族たちにはよく映らなかったらしく、かつての逸話は、ただガイゼルの恐ろしさを知らしめるものとして、間違った拡散をされてしまった――。

そんないきさつなど露とも知らぬガイゼルは、剣についた血を払いながら独り言ちた。

（……さすがに数が多いな）

横から襲いかかってきた敵を叩き斬ったあと、ガイゼルは溜めていた息を長く吐き出す。

ヴェルシア兵が押されているのは、火を見るより明らかだ。

だがここで諦めるわけにはいかない。

(ここを守れねば、ツィツィーが)

再び数人の敵兵が現れ、ガイゼルは振り向きざま、舞踏のような優雅さで背後の敵を蹴り倒す。だが脇にいた兵士の存在に気づかず、ガイゼルは横腹を強打された。ぐ、と呻きながら姿勢を立て直すが、持っていた長剣を叩き落とされる。

(……ッ!)

剣を拾い上げようにも、かがんでいるうちに後手に回ってしまう。ガイゼルが迷ったその一瞬、武装したイエンツィエの騎士が、ガイゼルの額めがけて大剣を振り下ろした。

(——しまっ、)

不思議なことに自身に向かってくる刃が、ガイゼルの目にはゆっくりと映し出された。

両断するような剣影を前に、ガイゼルは強く目を閉じる。

瞼の裏によみがえるのは、白銀の髪。嬉しそうに笑う、彼女の顔。

すまない。もう一度。

ちゃんと、言葉で伝えれば良かった。

(——ツィツィー……)

俺は。君のことが。

――ギャイン、という金属の擦れる音に、ガイゼルははっと目を見開いた。

ガイゼルめがけて振り抜かれたはずの剣は、巨大な手斧によって阻まれていた。やがてふん、という荒い掛け声とともに、イエンツィエの騎士が競り負かされる。

突如として現れた人物の背を見つめながら、ガイゼルは言葉を失っていた。

「……何故、ここに」

屈強な二の腕に、顔を覆うぶ厚い髭。そこにいたのは、かつてイシリスでガイゼルたちを助けてくれた――ディータだった。

「言っただろう。この恩はいつか、必ず返すと」

「俺たちもいるぜー！」

見ればディータだけではなく、村の男たちも参戦しているようだった。厳しい冬の狩りを知る男たちの熱量はすさまじく、並の騎士以上の働きをする者や、的確な弓で敵を次々と射落とす者など、一騎当千の猛者たちがこれでもかとばかりに大暴れしている。

「ご無事ですか、陛下！」

やがて落ちた剣を拾うガイゼルの元に、騎士団長が姿を現した。だが斧を振り回しているディータを見た瞬間、信じられないという顔を見せる。

「ディ、ディータ様……⁉」

「！　知っているのか」

「せ、先代の騎士団長様ですよ！　ディルフ様の治世に貢献した無敗の騎士団長、ディータ・セルバンテス様です！」

「ディータ・セルバンテス……」

「陛下がお生まれになるより前に騎士団を辞められたので、面識がなくとも無理はありませんが……。突然引退されて、どこにおられるか分からないと言われていたのに……」

ディータは恐ろしいほどの怪力で敵を鎧ごと叩き捨てると、ようやくガイゼルの方を振り返った。鋭い眼光はガイゼルを射貫くように真っ直ぐ向けられている。かつての勇者はいまだ衰えを知らぬようだ。

「本当は、もう二度と帝都に来るつもりはなかった」

「……」

「無謀な進軍、領土の拡大……くだらない戦いばかりやらされてな」

「だから、騎士団長を辞したと」

「ディルフの奴も、昔はあんなじゃなかったんだがな……。だがあいつが死んだと聞いて、いよいよこの国も終わりかと思っていた」

背後から襲いかかってくる敵を、ディータは肘鉄砲一発で卒倒させる。ガイゼルもまた左右から斬りかかってくる兵士たちを地に伏せた。

なおも増え続ける敵兵を前にして、ディータは満足げに口角を上げる。

「だが——お前が皇帝なら、悪くはない」

ぐるりと取り囲んでくるイエンツィエ兵に対し、ガイゼルとディータは互いの背を預けるようにして立ち向かった。隙のない戦技によって敵兵は次々屠られていき、その絶望的な光景に、相手側の士気が明らかに落ちていく。

やがて一人の敵兵がたまらず背を向けた。

すると別の一人、また一人と恐怖に囚われた者から逃亡を始める。ガイゼルはその隙を見逃さず、これでとどめだと言わんばかりに喉の奥底から獣のように咆哮した。

「勝機は我にあり！　全軍、一気に叩き潰せ！」

砂埃が巻き上がる中、あちこちから覇気を示す鬨の声が上がる。

イエンツィエ側はいよいよ戦線を維持出来なくなり、散開しながら退却した。

満身創痍になったガイゼルは、破壊された正門から逃げていく鎧の背を眺める。

ふと視線をずらすと、こちらも全身傷だらけのディータが、肩で荒々しく息をついていた。ガイゼルに気づくと、にやりと雄々しい笑みを浮かべる。

背後を振り返ると、傷や返り血でボロボロになった騎士団長や指揮官たち。

いつの間にか会議室にいたはずの公爵や伯爵等の姿もあり、皆同じように安堵の表情を浮かべていた。

ガイゼルもまた、途切れ途切れに呼吸をしながら、ゆっくりと前に向き直る。

眼下に広がるヴェルシアの街。

至る所に戦いの跡が残っているが、イエンツィエの兵たちはもういない。

強く吹きすさぶ風に黒髪を踊らせながら、ガイゼルは高々と剣を振り上げ、全力で叫んだ。

「──我らの、勝利だ！」

わああ、と歓喜と高揚に満ちた声が、城内にいつまでも響き渡っていた。

ヴェルシアに、ようやく春が訪れた。

凍てつくような雪は次第に溶け出し、澄んだ清流となって森に流れ込む。息を潜めていた動物たちは姿を現し、植物たちの小さな新芽も芽生えていた。

そんな瑞々しさに溢れた草原を、一頭の黒い馬がゆっくりと歩いている。

乗っているのはツィツィーとガイゼルだ。

「疲れていないか？」

「はい、大丈夫です」

頬を撫でる暖かい風と、規則的な馬上の動きに少しまどろんでいたツィツィーは、ガイゼルの声に慌てて顔を上げた。背後からくす、と堪えるような笑いが続く。

「急ぐ旅じゃないからな。少し休むか」

そう言うとガイゼルは、手綱を引いて黒馬の脚を止めた。手近な木に括りつけると、鞍の上にいるツィツィーを、抱きとめるようにして地上へと下ろす。長い時間揺られていたためか、体がふらついてしまうツィツィーを、ガイゼルはさりげなく支えた。

「あと、どのくらいかかるでしょうか？」

「夜には集落に着くと思うが……またあの家を、使わせてもらえるかは分からんな」

「出来たらちょっと、ゆっくりしたいですね」

ガイゼルも同意見だったらしく、そうだな、と穏やかな笑みとともに答える。

二人が向かっているのは、イシリスの北にある小さな集落。

かつての騎士団長、ディータ・セルバンテスに会いに行くところだ。


イエンツィエ事変のあと、王佐ルクセンは外患誘致の罪で捕らえられた。

ヴェルシアの軍備、城壁内の構造、騎士団の内情などを漏らしていたらしく、この戦乱によってヴェルシアが滅びた場合、イエンツィエの高位貴族として受け入れてもらう密約を交わしていたらしい。

ヴェルシアにはライバル国へ武力行使の口実を、イエンツィエには味方のふりをと、どちらが勝っても、ルクセンにとってはおいしかったというわけだ。

先代派の中心となっていたルクセンを失ったことで、王宮内における勢力図は一変した。

特に地方の公爵家や伯爵家、また騎士団に属する貴族たちが、一斉にガイゼル派へと転向したのである。

一方当のガイゼルも、今までの独善的な言動を詫び、臣下たちから広く意見を集めるようになった。また彼の望む内政や外交、将来像などを文書や図などで明確にし、派閥を問わず根気よく説いているのだという。

そこには、かつて一人で戦っていた孤独なガイゼルの姿はなかった。

もちろん、先代のディルフ帝と比較して『弱腰な外交』と揶揄する貴族もいたが、ガイゼルは一切気にしていない。

あまりの変化に、どうしたのかとツィツィーが尋ねたところ、イシリスでの集落生活で学んだとガイゼルは苦笑していた。

――俺は今までずっと、一人の方が都合がいいと思い込んでいた。だが絶対に一人では出来ないこともあると、あの冬山で嫌というほど思い知らされたからな、と。

こうしたガイゼルの様変わりもあり、ヴェルシアはまた少しずつ、新しい国としての形を成していく。

そんな中、かの戦いで頼もしい力を発揮してくれたディータ・セルバンテスに、何とかもう一度ヴェルシアに戻ってきてもらえないだろうか、という話が持ち上がった。

だが騎士団の面々は、以前も散々説得したが、彼の意思を変えることは出来なかったと諦めており、ガイゼルが「ならば自分が」と乗り出したのだという。

どこかで休憩（きゅうけい）をとろうと散策していた二人は、美しい湖畔（こはん）へとたどり着いた。

かつて視察の時に訪れたナガマ湖だ。

「わあ……！　懐（なつ）かしいですね」

「ああ」

遠くに見えていた雪山は深緑に変化し、湖も澄んだ青色で満たされている。足元には色鮮（あざ）やかな花々が一面に咲（さ）き誇（ほこ）り、まるで二人の再訪を歓迎（かんげい）しているかのようだった。

ツィツィーはそっと左手を持ち上げると、薬指に輝（かがや）く宝石を眺（なが）める。

キラキラと青く光るそれを見て、ツィツィーはガイゼルに礼を言った。

「ガイゼル様、ありがとうございます」

「突然何の話だ」

「この指輪のおかげで、真実を明らかに出来たので」

「そうだな。……まさか、ルクセンが同じものを持っているとは思わなかったが」

少し不満そうにしているガイゼルを見て、ツィツィーはふふと微笑（ほほえ）んだ。ついでとばかりに尋ねてみる。

「どうして宝石の色が変わることを、教えてくださらなかったんですか？」

「特段深い理由はない。自分で気づいた方が驚くだろうと思っただけだ」

「それは確かに驚きましたけど……」

するとガイゼルの心の声が、かすかに聞こえてくる。

『言えるわけがない……ツィツィーの瞳の色と俺の目の色を併せ持つ石を選んだ、なんて……。こんな柄でもないことを考えていたなどと知られたら、俺は……』

（想像していたより、ずっと可愛い理由……！）

思わず赤くなるツィツィーを見て、ガイゼルは不思議そうに首を傾げた。

その様子を見ながら、ツィツィーはやっぱり、と胸の奥で呟く。

（心の声が少しずつ、聞こえなくなっている気がする……）

出会った当初、うるさいほどだったガイゼルの心の声が、――少しずつ小さくなっている、とツィツィーは感じていた。

もちろん年を経るにつれ、ツィツィーの能力自体が衰えていることもあるだろう。

だが何よりガイゼル自身が、心で思ったことをきちんと言葉にするようになったからではないか、とツィツィーは推測している。

結婚直後はガイゼルもツィツィーも、素直な気持ちをぶつけることが出来なかった。

だが二人の心が通い合い、溜め込んでいる思いがなくなった今、前ほど内に発露する必要がなくなったのだろう。

このままいつの日か——完全に心の声は聞こえなくなってしまうのかもしれない。

（でもその方がいいと思う。本当の気持ちは、やっぱり直接聞きたいから……）

柔らかい花の香りを楽しみながら、ツィツィーはふと、ヴァンが教えてくれた昔話を思い出していた。

陛下には秘密ですよ、と何度も念を押しながら、嬉しそうにヴァンは語る。

「実は陛下は、元々皇帝の座に興味がなかったんです」

「そういえば、末弟なのですよね」

「はい。上には二人の兄君がいらっしゃいます。ただこの二人の仲がとても悪くて、いよいよ内乱がという状況にまでなりました。そこで何故か陛下が、後継者争いに突然参戦して、単騎で双方の陣営を叩き潰してしまいまして」

「ひ、一人でですか!?」

「まあ、大した数の兵ではなかったんですけどね。ですが陛下の鬼気迫る迫力に兄君たちはすっかり腰を抜かしてしまって、そのまま二人とも継承権を放棄してしまったんです」

凄すぎる、とツィツィーは絶句した。

「だからお兄様たちを殺して皇帝になった、なんて噂が流れていたのですね……」

「僻地に隠居されただけなので、お元気にしてらっしゃるはずけどね。……でも、俺もどうして陛下が急にやる気になったのか、ずっと疑問だったんです」

「お兄様たちにこの国を任せておけない、とかでしょうか？」

「陛下がそんな優しいことを思うはずがありませんよ。――ただ、ですね。最近ようやく思い出したんです。あの頃陛下の心を動かす、何があったかを」

『氷の皇帝』ガイゼルの心を動かす何か。一体どんな重大な秘密が、とツィツィーは逸る気持ちを抑えながら、ヴァンの言葉を待つ。

「それは、――あなたです。皇妃殿下」

「……私？」

「あなたの輿入れは、元々はディルフ様の側妃としてのはずでした。ですがあなたがおいでになる前に、ご先代は亡くなられてしまった。当時王宮内では、あなたの処遇をどうするかで少々揉めたそうです」

その件はツィツィーも少し耳にしたことがあった。

本来であれば一度白紙に戻されそうなものだが、ラシー側はそのままツィツィーを差し出すと言ってきたそうだ。――それはおそらく、人質としての本来の意義を全うしてもらわねば、という父王の意図が多分にあったのだろう。

だが相手となるはずであったディルフ帝は崩御されている。つまりツィツィーは、ヴェルシアにもラシーにも居場所がない状態であったのだ。

「とりあえず一時的にあなたを預かり、次期皇帝が決まり次第本人にお伺いを立てるという案にまとまりました。新しい陛下があなたを望めば、側妃として受け入れると。……陛下が継承権争いに介入されたのは、その翌日のことでした」

次第に話の落ちが見えてきたツィツィーは、少しだけ顔を赤らめた。

ヴァンはそれを下目に、にやにやと口元をほころばせている。

「ですが次期皇帝になった陛下が、あなたを『第一皇妃』に据えると言い出した時は、さすがに王宮内に激震が走りましたね」

「や、やっぱり」

「第一皇妃といえば、……まあその、政治的な絡みもあって、ヴェルシアに比肩する相手であることが理想です。ですが陛下はその慣例を一切無視して、望み通りあなたを皇妃とされました」

「す、すみません……」と何故かツィツィーは謝ってしまった。縮こまるツィツィーに対し、ヴァンは何かを思い出すように目を細めると、いえいえと首を振る。

「思えば陛下が自分から何かを強く望んだのは、あれが初めてでした。——だから俺としては、とても嬉しかったんです」

まあ、一体どれだけあなたを自分の妻にしたかったんだって話ですけどね、とヴァンは締めくくると、最後に「内緒ですよ」とウインクしてみせた。

「陛下は、素直に自分の気持ちを口にする人ではありませんが、本当はすごく優しくていい方なんです。だからこれからも――よろしくお願いしますね」


「――どうした？」

ガイゼルに呼ばれ、ツィツィーは回想から意識を取り戻した。

「い、いいえ、何でもありません」

ツィツィーはごまかすように笑うと、改めて湖の前に歩を進める。

よく晴れた、春の穏やかな日差し。ざあ、と漣を生む風が、ツィツィーの銀の髪とともに、足元に広がる花々を揺らす。赤に橙、黄色に紫――それらを包む、眩しいほどの新緑。ざわりと波立つその景色は、あらゆる色彩を集めた広大な海原のようだった。

一度来てみたい、と願った春のイシリス。

その光景が今、目の前に広がっている。

感極まったツィツィーは、ゆっくりとガイゼルを振り返った。すると彼もまたツィツィーを見つめており、視線の合った二人は自然と微笑みを浮かべる。

その直後、ガイゼルは何かを思い出したかのように口を開いた。

「──そうだ」

「……？」

ガイゼルはツィツィーの前に立つと、至極真面目な顔つきで見つめた。

「お前に言いたいことがある」

「な、なんでしょうか⁉」

「……その、」

途端にガイゼルは、ゼンマイの切れた玩具のように動きを止めた。ツィツィーが困惑していると、久方ぶりの心の声がはっきりと流れ込んでくる。

『くっ……いざ構えると言葉に詰まる……。以前に言ったこともあるが、あれは場の勢いというか、ああ言わねばツィツィーに伝わらないと思ったわけで……』

（な、何⁉ 私は何を言われようとしているの⁉）

まさか離縁でも言い渡されるのか。

次第にガイゼルの眉間には縦皺が寄り始め、険しい顔つきになっていく。だがようやく意を決したのか、ガイゼルははあーと長く息を吐き出すと、妙に凄みのある低い声で短く区切るようにして告げた。

「俺は」

「は、はい」

「お前を」

「……」

「愛している」

『――愛している』

（……！）

重なり合った言葉は、まぎれもなくガイゼルの口から発せられたものと、彼の心から溢れた本心の両方だった。その率直な言葉に、ツィツィーは夢でも見ているのだろうか、と目をしばたたかせる。

だが間違いではなかった。その証拠に、ガイゼルはしばらくして目を伏せたかと思うと、ゆっくりと自身の口元を手で覆い隠す。ガイゼルの首から額までが徐々に赤く染まっていき、わずかに見える外耳まで茹で上げられていた。

その一連の流れを特等席で眺めていたツィツィーは、しばらくぽかんと口を開けていたものの、一拍遅れてこちらもぶわわと頬に朱を走らせる。

（心の声だけじゃ、ない。陛下が、私に……）

どうしたら、と戸惑っていたツィツィーだったが、ひとりでに走り出しそうな心臓を懸命に落ち着けると、ガイゼルを見上げて真っ直ぐに答えた。

「私も、です」

「……」

「ガイゼル様のことが――」

だがその先の言葉は、ガイゼルに抱きしめられることで行き場を失った。照れている顔を見せたくないのか、ツィツィーを強く腕の中に閉じ込める。

「返事はいい。二度は言わん」

「で、でも」

何とか声にしようとツィツィーも必死になるが、やがて聞こえてきたほとばしる心の声に、思わず口をつぐんだ。

『だ、だめだ！　無理だ！　悪いが心臓が持たん。も、もう少し、落ち着いてからにしてほしい……！』

（そ、そんなのって……⁉）

やり場のない気持ちをどうすればいいのか、とツィツィーは心の中で小さく悲鳴をあげた。仕方なく、言葉がだめなら態度で、と彼の広い背中に腕を回す。

ガイゼルもツィツィーの意図に気づいたのか、隙間一つ残したくない、と体現するかのように彼女の体をきつく抱きしめた。擦れ合う布越しに互いの体温を確認したあと、ガイゼルはツィツィーの顎を手で持ち上げると、覆いかぶさるように口づけを落とす。

何度か角度を変え、二人は惜しむように呼気を漏らす。永遠にも思える時間が過ぎたのち——ようやくガイゼルはツィツィーの唇を解放した。

恥ずかしさと息切れで耳まで真っ赤になっているツィツィーを見て、ガイゼルはふは、と噴き出す。そんなガイゼルに対し、頬を膨らませていたツィツィーだったが、やがて彼女もまたつられたように笑い始めた。

凍てつくような白い雪に閉ざされていた世界に——やっと、春が訪れた。

終章　ガイゼル・ヴェルシアは春を待つ

ガイゼルの母は優しい人だった。

父・ディルフ帝によって滅ぼされた国の姫君で、美しい銀の髪と整った容姿は百合の花を思わせた。しかし皇族として生きるには、体も心根もあまりに弱く、ガイゼルを産み落としたあとは常に寝台に臥せっているような状態だった。

幼いガイゼルもそれを理解しており、普通の子どものように甘えたり、何かを望んだり、願ったりということはしなかった。

「泣かなかったのね。偉いわ、ガイゼル」

喧嘩で傷だらけになって帰ってきた日も、剣の練習でこてんぱんにやられた日も、母は笑顔でこう言った。それを聞くだけでガイゼルは、自らがとても強い心の持ち主になったように思えて、誇らしく感じたものだ。

——俺は強い。泣いたりなどしない。何でも自分一人で出来る。

そうしてガイゼルは末弟という立場ながらも、兄たちを超す勢いで努力を続けた。

特に武芸に関しては天賦の才もあったのか、面白いように能力を伸ばしていく。小姓として入ってきたヴァンと知り合ったのもこの頃だ。

だがそんなガイゼルを、兄たちはよく思わなかったのだろう。事あるごとに嫌がらせをされた。兄たちを支持する貴族やその子弟からもからかわれ、ガイゼルは日に日に王宮内で息苦しさを感じるようになっていた。

それでも母の元には毎日通い続けた。

ガイゼルが来ると、母はいつも「愛してるわ」と言って抱きしめてくれた。その言葉だけを心のよりどころにして、ガイゼルは一日一日を過ごしていた。

だが冬のある日、母は突然亡くなった。

棺に入った母を見送る間も、弔いの言葉を読み上げる時も、ガイゼルは一粒も涙を零さなかった。葬儀が終わり、母の墓標の前で一人になった時でさえ、ガイゼルは泣かなかった。女々しく悲しむ自分を認められなかったのだ。

母を失ったことで、皇家におけるガイゼルの立場はさらに悪くなった。

ある日ガイゼルは、王宮を出て地方の公爵家で暮らせという命を下された。だが困ったことに、預かり先の公爵家もあまりに急なことで準備が間に合わないという話になり、ガイゼルは一時期の間、幼馴染であるヴァンの母親が生まれ育ったという、ラシーという南の国に身を寄せることになった。

この時ヴァンは同行しようかと申し出たのだが、当時の彼は従騎士になる大切な時期であり、ガイゼルは必要ないと首を振った。

長い行程を終えてようやくたどり着いたラシーは、常に寒さと戦っているヴェルシアとは真逆で、年中真夏のような湿気のある暖かい国だった。

ガイゼルはヴァンの親戚邸に世話になることになったが、皇子という身分のガイゼルをどう扱ったものかと惑っているのがあからさまだった。またガイゼルが年相応でない――驚くほど冷静で、落ち着いていたこともあって、周囲に住む子どもたちや使用人たちからも距離を置かれていた。

数日後、ラシーの王宮からの使者を名乗る男が現れた。

聞けば事情を知ったラシーの王族らが、かの大国ヴェルシアの第三皇子に是非とも会いたいという話らしく、ガイゼルはそれを了承した。同伴した方がよいかと尋ねる家人に一人で問題ないと断りを入れ、単身王宮へと向かう。

(こんな末席の俺に媚びたところで、何の利もないというのに)

ラシーの王宮はヴェルシアのそれとは随分異なっており、正門をくぐってすぐに青々とした水の張られた池があった。周囲には艶々とした緑の草木と、眩いばかりの朱色の花が咲いている。

冬になれば一面の雪が国中を覆い尽くす、白と黒ばかりの故国を思い出し、ガイゼルは目がくらみそうになった。

建物自体も比較的背が低く、涼しげな白壁で出来ている。風通しを良くするためか太い柱で幅広の回廊が造られており、使者に先導されながらガイゼルは黙々と足を進めた。

やがて謁見の間に到着し、この国の王や正妃、その娘たちに丁寧に迎えられた。

やや行き過ぎるほどの歓待は、現皇帝であるディルフに目をつけられないよう、とりあえずその子どもに取り入っておこう、という下心があってのことだろう。

「ガイゼル殿下、よろしければこれから歓迎の宴を開こうと思うのですが」

「ありがたいお言葉ですが、公式の訪問ではなく、あくまで一時的な滞在ですので。お気遣いは不要です」

「で、ではせめて、お茶だけでも……」

「所用がありますので。失礼いたします」

一瞬唇を歪めた国王に気づいたが、ガイゼルは無視を決め込んだ。

なおも食い下がる声を聞き流し、ガイゼルはさっさと礼をすると、そのまま謁見の間を後にする。お送りいたしますと駆け寄ってきた使者にも「必要ない」とだけ告げ、ガイゼルは元来た道を急いだ。

再びため池を訪れたガイゼルは、人気がなくなったのを確認してから、ようやくはあと息をついた。本国にいる時は一切皇子らしい扱いをされないというのに、何故こんな遠方の国まで来て、厄介ごとに巻き込まれなければならないのか。

(——頭が、いたい……)

ヴェルシアよりも遥かに強い太陽の光が、朝からずっと地面を照らしつけている。ガイゼルはたびたび視界に入る極彩色の世界に、吐き気を覚えそうになっていた。

この数日あまり眠れていなかったのが原因か、と日陰を求める。

池の畔を少し進んでいくと、王宮の周囲を取り巻く木深い雑木林が見えてきた。ここを越えれば外に出られるだろうと踏んだガイゼルは、ぼんやりとした頭のまま足を進める。

すると茂みの奥に一基の塔が現れ、ガイゼルはゆっくりと顔を上げた。

(なんだ、これは……)

崩れた石壁に蔦が這う、相当年季の入った建物だった。倉庫か何かだろうか——と考えたところで、ガイゼルは先ほどよりも激しい頭痛に襲われる。立っているのもつらくなり、仕方なく近くの木陰に座り込んだ。

(だめだ……一体どうしたというんだ……)

今まで感じたことのない不調に、ガイゼルはわずかに恐怖を覚える。

その時、がさり、と葉の揺れる音が聞こえた。

（……？）

現れたのは、一人の女の子だった。

年はガイゼルより少し下だろう。大きな青い目がくりくりと可愛らしく、今は突然出くわしたガイゼルに驚いているのか、真ん丸に見開かれている。何より印象的だったのはその髪が——ラシーでは見たことのない、きらきらとした銀色だったことだ。

（母上と、同じだ……）

しばらく惚けていたガイゼルを前に、少女はいきなり自身の髪を両手で覆い隠した。その行動が理解できなかったガイゼルは、はてと首を傾げる。

「なんで隠してるの」

「だ、だって、私の髪、お姉さまたちと違って醜いし……」

醜い、という意味が分からなかった。

しなやかな絹糸のような髪。今だって太陽の光を浴びて、艶々した輝きを放っている。ましてや母上と同じ銀色なのに、とガイゼルは少し苛立ったように返した。

「そんなことない。綺麗な髪だ」

言ったあとでガイゼルは、自分が不機嫌を滲ませてしまったことを後悔した。だがそれを謝る気力すらなく、つっけんどんに言い捨てる。

「すぐに出て行く。放っておいてくれ」

ガイゼルの強い物言いに、少女は怯えたようにすぐ傍を離れた。

これでいい、とガイゼルはようやく息をつく。その間もどんどん熱が上がっていき、次第に心臓の音がどくどくと速まるのを感じていた。視界が狭まり、暗く落ち込んでいく。

周りには誰もいない。ガイゼルはかすかに『死』を思った。

こんな異国の地で。たった一人で。誰もいない。意識が朦朧とする。怖い。

どうして『僕』は――こんなところにいる？

（――お母様……どうして死んでしまったの……）

それはようやく理解した、ガイゼルの本心だった。

（僕、一人になっちゃったよ……もう誰も、僕を愛していると言ってくれない……）

母がいた時は『愛している』と抱きしめてくれた。

だが母はもういない。この世界のどこにも。

ガイゼルが強くある理由も、自信も、すべてなくなってしまった。

心臓の中心に大きな風穴が空いたような、絶望的な気持ち。だがそんな感情に押しつぶされそうになってもなお、ガイゼルの目から涙が零れることはなかった。

その時ようやくガイゼルは、自分が泣かないのではなく――泣けないのだと気づいた。

（僕は、……もう感情すら、捨ててしまったのか……）

そんなガイゼルの隣に、何故か先ほどの少女が戻ってきた。ガイゼルが顔を背けようとすると、彼女はぽつりと言葉を零す。

「あ、あの」

「……？」

「私じゃダメかしら」

「……何が」

すると少女は恥ずかしそうに、だが慈愛に満ちた優しい顔つきで答えた。

「私が代わりに、あなたを愛するわ」

「……」

だから泣かないで、と少女はガイゼルを抱きしめた。

どうして、と口にしようとして、ガイゼルは声が出なかった。

（――どうして、分かったんだろうか）

涙なんて流していないのに。

僕が悲しんでいることに、どうしてこの子は気づいたんだろうか。

だが懸命に寄り添ってくれる少女の体が小さくて、柔らかくて、……あまりに心地よいその腕の中で、ガイゼルは静かに涙を零した。一つ溢れると、堰を切ったようにまた一つ、二つと次々に感情が込み上げてくる。

その日ガイゼルは、初めて人前で泣いた。
そしてそのまま、眠るように意識を失ったのだった。

——目が覚めると、ガイゼルは木陰の下で横になっていた。

陽も随分と傾いたのか、蒸すような暑さは和らいでおり、ガイゼルはゆっくりと体を起こす。同時に額から湿った白布が落ちてきて、それをきょとんとした様子で見つめた。

視線をずらすと、先ほどの少女がすぐ近くで眠っていた。傍らには小さな手桶があり、ガイゼルが手をつけるとまだ冷たい水で満ちている。どうやらついさっきまで、ガイゼルの介抱をしてくれたらしい。

（……ずっと、傍にいてくれたのか）

少女を起こそうとしたが、幸せそうに眠り込んでおり目覚める気配がない。

ガイゼルは少女を背負うとその保護者を探した。塔の方に近づいてみると、年かさの女中が現れ、あらあらと微笑みかける。

「まあ、どこを出歩いていたかと思えば。ごめんなさいね」

「俺のせいなんだ。叱らないでやってほしい」

眠った少女を抱き上げた女中は、ガイゼルの年に似合わぬ物言いに、少しだけ驚いたようだった。そのまま丁寧に頭を下げ離れていく女中に、ガイゼルは慌てて尋ねる。

「彼女は？」

「ツィツィー・ラシー様です。この国の末姫様ですが……」

「ツィツィー……」

末姫と言われたが、先ほどの謁見の間にはいなかったはず。疑問に思ったガイゼルは再度問いただそうとしたが、女中は不思議そうな視線を向けており、それ以上聞くことはためらわれた。

その後邸に戻ったガイゼルは、窓辺から吹き込む夜風を浴びながら、王宮の方角を眺めていた。建物の隣にある塔を思い出し、ぼんやりと考えを巡らせる。

（――またいつか、会えるだろうか）

見も知らぬ自分に、優しさをくれた少女。

誰かにいじめられていたらかばおう。いじめっ子なんて追い返してやろう。

困っていたら助けよう。何があってもあの子のために戦おう。

泣いていたら抱きしめてあげよう。今日僕にしてくれたように。

この恩をいつか返したい。

（……でも、俺がヴェルシアの……父上の息子だと知ったら、怖がらせてしまうかもしれない）

ガイゼルの父、ディルフは大陸中の国々と争っている。ラシーは遠く離れてはいるが、いつ彼の魔の手が伸びるとも分からない。

(ヴェルシアが戦いをやめれば……でも戦をしないなんて、どうしたら……)

どうすればそれが出来るのか。

その時のガイゼルにはまだ、答えは思いつかなかった。

同じ頃ラシーの王宮の片隅で、銀髪の少女が嬉しそうに笑っていた。

「あのね、今日、綺麗な髪だって褒めてもらったの」

「まあ。それは良かったですね」

食事を運んできた女中は、にこにことそれを聞いている。

この少女は仮にも姫という立場があるというのに、侍女の一人もつけてもらえず、挙げ句こんなところに軟禁されていた。痛ましく思った女中は、こうして時間が許す限り、傍にいてあげたいと努めている。

「うん！　私、みんなと違うこの髪、嫌いだったけど……ちょっとだけ好きになれそう」

心の声を聞かなくても分かる、黒髪の少年の真っ直ぐな本心。少女は彼の言葉を思い出すと、照れたように自身の髪に触れる。

(もっと、……伸ばしてみようかな……)

初めて抱くその気持ちに、少女はほんのわずかに胸を躍らせた。

その後辺境の公爵邸に移動したガイゼルは、すぐにラシーの王族について調べた。

だがどうしたことか、彼女——ツィツィー・ラシーは社交の場にもほとんど出てきたことがないらしく、幻のような扱いになっていた。

何とかしてもう一度会いたい。

しかしガイゼルも相手も皇族と王族である以上、そう簡単に面談の約束など取り付けられるものではない。彼は、その時が来るまで必死に鍛錬を積んだ。戦術を学び、武芸を極め、立派な青年となるまで公爵家での雌伏を続ける。

やがて父帝崩御の知らせを受けた数日後、ガイゼルは朗報を耳にした。

（ツィツィー・ラシー……君が、ヴェルシアに来る……！）

そしてガイゼルは剣を持ち、馬を駆って、二人の兄たちが睨み合う戦地へと雄飛する。

——時は流れ、いつもの本邸。

ツィツィーの流れるような銀髪を、ガイゼルは静かに睨みつけていた。

「あ、あの、ガイゼル様……」

「なんだ」

「その、あまり見られると、少し、恥ずかしいのですが……」

ラシーで出会った頃と変わらない、月光のような色艶。あの時は肩につくくらいだったものが今や腰のあたりまで到達し、ツィツィーの美しさをいっそう際立たせている。

(……本当に綺麗な髪だ。文献によると月の女神も銀色の髪をしているらしいが、ツィツィーはもしやその生まれ変わりなのではないだろうか……。振り返るたびにキラキラとした光の粒が舞うようで、蝶というか花というか……この可憐さに誘われて、俺のような虫が寄りつかなければいいのだが……本邸の警備に人を増やすよう、ランディに言っておくか？ それとも……)

悶々とするガイゼルに対し、ツィツィーは何故か顔を真っ赤にしている。

「ガ、ガイゼル様！ そ、そろそろ、お仕事に戻られる時間なのでは⁉」

「もうそんな時間か」

よほど観察されたくないのか、ツィツィーは自身の髪を手で押さえていた。

その姿に幼い頃のツィツィーを思い出したガイゼルは、表情には出さないまでも、心の中だけで愛しさを募らせる。

やがてツィツィーの髪を一筋すくい上げると、軽く口づけた。

「——行ってくる」

「……！」

ツィツィーは完全に硬直し、青い瞳を真ん丸にしてガイゼルを見上げていた。その様子があまりに面白く、ガイゼルはにやけそうになる口元をこっそり片手で覆い隠す。

そのままそ知らぬふりをして、ガイゼルは王宮へと向かった。

廊下の窓から中庭を覗くと、溶けだした雪の下から新芽が芽生えている。ヴェルシアの長い冬はようやく終わりを迎え、これから穏やかな日々が始まるのだろう。

凍てつくような白い雪に閉ざされていた世界に——やっと、春が訪れた。

（了）

特別

書き下ろし短編

僕の名前はランディ・ゲーテ。

北の大国ヴェルシアで、王佐補の部下として働いている。

王佐補とはその名の通り、王佐の補佐官のこと。王佐のルクセン様は、今は三人の王佐補を傍に置いている。その王佐補の部下なのだから、まあ要はただの下っ端だ。

まだまだ未熟な僕は、今は上司や先輩方の仕事ぶりを見て勉強する日々である——というのは建前で、本当は無能な貴族たちに取り囲まれて、うんざりするような毎日を送っていた。

「ランディ様、おはようございます」

「おはようございます。そちらの方は？」

「昨日から入った新人でございます。どうぞお見知りおきを」

促され、慌ただしく頭を下げる新人を前に、僕はにっこりと目を細めた。

新人は僕の顔を見てごくりと息を呑んだが、すぐにぎこちなく作り笑顔を浮かべてみせる。ふうん、なかなか順応が早いな。

「わたしはランディ・ゲーテと申します。何か分からないことがあれば、なんでも聞いてくださいね」

「は、はい！　ありがとうございます！」

僕が吐き出す心にもない言葉を信じたのか、新人君はようやく肩の力を抜いた。背中を向け、去っていく彼らを見ながら、僕は心の中だけで毒づく。

真に受けるな馬鹿。分からないことがあれば自分で調べろ。

（――だが僕のこの顔を見て、平常心を保った心意気は認めてやってもいい）

王佐補の執務室を目指して廊下を歩いていると、すれ違う面々が次々と僕に頭を下げてくる。それは僕の王佐補見習いとしての肩書きに向けてか、それともラヴァハート公爵である父に向けてか。

いずれにせよ、彼らの窺うような視線は――この仮面の下までは届かない。

ようやくたどり着いた執務室を前に、僕ははあと嘆息を漏らした。

その顔には比喩ではなく――本物の『仮面』がある。

――ランディは由緒正しきラヴァハート公爵家の三男として生まれた。

一番上の兄は広大な領地を治める良き後継者として、二番目の兄は騎士団に入ったのち、騎士として勇名を馳せている。残されたランディは家督を継ぐわけでもなく、といって武芸に秀でているわけでもなかったため――皇族への忠誠を示すべく、王宮へと所属することとなった。

そもそも王宮で働く人間は、名士の次男三男という者がほとんどで、彼らは自らの家の振興に励みつつ、皇族への繋がりを保ち続けるという目的を持っていた。

もちろん試験によって登用され、本気でこの国を良くしていこうと考えている平民もいた。だが王宮の本流である貴族派の連中に押し負けて、書庫の整理や地方の駐在所など、冷や飯を食わされている者が大半だ。

ランディもまたれっきとした貴族派であり、必要な試験や実技などはすべて免除されるお気楽な立場だった。

試験組がみっちりしごかれるという悪夢の新人研修というものもなく、簡単な任命式ののち、比較的楽な部署へと配属。このまま実家に養われつつ、つまらない生涯を終えるのか、とランディは何の面白みもない自らの人生を鼻で笑う。

だがそこで大きな問題が発生した。

「ランディ。その、少し言いづらい話なんだが……お前宛に苦情が来ている」

「苦情ですか？　仕事をするうえで、誰かに迷惑をかけたつもりはないのですが」

「いや、仕事のことではない。その……お前の顔がだな」

「わたしの顔が？」

「……良すぎて、仕事が手につかなくなっている、とのことだ」

突然実家に呼び戻されたかと思えば、現・ラヴァハート公爵である父が深刻な面持ちで『話がある』と切り出してきた——その内容がこんなくだらないことだなんて。

「父上。おっしゃられている意味が分からないのですが」

「そう睨むな。まあ……これもいい機会かもしれない」

「何がです」

「ランディ、お前は『顔が良い』んだ。どういうわけか、お前にその自覚はまったくないようだが、この家の、いや、この国の中でも最高位だ」

「はあ」

「苦手だと言うから、今まで社交への参加を強要したことはなかった。だから年頃のご令嬢たちがお前に惚れたり、襲われたり、髪の毛を送られたりすることもなかった」

「父上、何の話をしているんです」

「だが王宮に出仕するとなると、そういうわけにはいかない。事実私の元には『ランディ様の顔が麗しすぎて仕事に集中出来ない』『ランディ様に目を奪われて料理を焦がした』『ランディ殿のせいでインク瓶を倒した』『ランディのせいで失恋した』という匿名の手紙の数々が髪の毛と共に送られてきており」

「父上！　まさか真に受けたのですか⁉」

「もちろん全部とは言わん。だが実際問題として、上からも指摘の声があるそうだ」

僕は思わず頭を抱えた。

馬鹿か。この国には馬鹿しかいないのか。

「――で？　一体わたしにどうしろと？　もしや解職ですか」

「いや、先方もお前の能力は高く買ってくれている。だからその顔だけなんとかしてくれたらいいというご希望だ」

なんだそれ。じゃあお前らの禿げ頭も努力でなんとか出来るのかよ。

「傾国の美女ならまだしも、男であるわたしの容姿が、そこまで問題になるとは思えませんが……それで？　わたしに麻袋でもかぶって仕事をしろと？」

「それだ」

「は？」

「ランディ、お前は明日から顔を隠して仕事をしなさい」

「父上が最高級の麻袋を用意してくださると？」

「違う違う、『仮面』を着ければいいんだ！」

前言撤回。どうやらこの国どころか、身内にも馬鹿しかいないらしい。

かくして僕は、その類まれなる美貌の被害者をなくすべく――『仮面』を着けて仕事に取り組むこととなったのである。

翌日から、半ばやけくそのような気持ちで、僕は仮面を着けて仕事に向かった。

同じ部署だった人間は僕の顔を見た瞬間、面白いように硬直した。おそらく「何故そんなものを？」と聞きたくて仕方ないのだろうが、あまりに平然と仕事をする僕を前に、改まって問う勇気はないようだった。

尋ねられたところで説明が面倒だった僕は、むしろその小心さに感謝した。それに今考えてみれば、名のあるラヴァハート公爵の三男に「なんだその仮面は」と聞ける奴など同じ格式の貴族派か、皇族くらいしかいないだろう。

（まあ、ここにいる奴らはお家さえ安泰ならば、あとはどうでもいいんだろうけど）

でなければ、こんな馬鹿みたいな案を本気で出してくるわけがない、と僕は書類の整理をしながら独り言ちた。

僕の上司である王佐補殿はあまり仕事が好きではないらしく、不惑の齢を過ぎてもなお、後継者のいない貴族のご令嬢を求めて、蝶のようにひらひらと遊び歩いている。

結果彼の仕事がすべて僕に回ってきており、見習いという立場のはずが、ほぼ王佐補としての仕事をそっくりそのままこなしている状態だ。

（アインツァ地方の小麦は昨年より三割の収穫減だというのに、こんな倍率の税を課してどうする気だ？　レヴァリアからも減免の陳情書が上がっていたはずなのに……まさかこのまま通すつもりなのか）

僕は思わず決裁の手を止めた。だがすぐに手を動かしたあと、それらすべてに「諾」と記して机上に積み上げる。……面倒ごとはごめんだ。

（どうして僕が、無能な奴らの代わりに頭を使わなければならない？　どうせこの国自体、近いうちに破綻するというのに）

現皇帝ディルフ・ヴェルシアは、確かに戦いに関しては天才だ。だが攻め落としたあとにはもう関心がなく、戦果のすべてを臣下らに丸投げしている有様だった。

自由に使える土地がもらえる、と貴族らは我先にと権利を奪い合った。だが突如として拡大した領地すべてに管理が行き届くはずもなく、当然のように各地方で悲鳴が上がり始めた。

しかし皇帝に訴えたところで、戦闘狂の彼が何をしてくれるわけでもない。取り巻く臣下たちは彼の奪ってくる領地や領民たちを、手を差し出して今や遅しと待っているだけ――という醜い関係がこのヴェルシアには蔓延しているのだ。

（やっぱり逃げるかな。僕一人いなくても兄上たちなら上手く立ち回れるだろうし。行くとしたらどこだ？　イシリスは……ここより寒いから嫌だな。イエンツィエは友好国だけど、なーんか内政がきなくさいし……。ああ、ラシーはいいな。あの国は暖かくて、魚が美味いと聞く）

あっという間に書類の山が完成し、僕はあーあと大きく伸びをした。ちらりと他のテーブルを見ると、いまだ慌ただしく処理業務に追われている同僚たちがいる。彼らの姿を見て、僕は呆れたように笑った。

（そんなに頑張って、何がしたいのか……目立ってもろくなことはないのに）

自分で言うのもどうかと思うが――僕は頭脳労働という点において、おそらく人より優れているという自負があった。

一度見た書類はすべて記憶出来たし、複数の事柄を繋ぎ合わせ、新しい結果を導くことにも長けていた。数字にも地理にも強く、ヴェルシアの本国・属国ともあらゆるデータがこの頭の中に詰まっている。

だが以前――王宮に入る前のことだ。まだ青かった僕は、少々得意になって自らの考えていた国の在り方や、今後どうしていくべきかなどを、大人たちに向けて語ったことがある。しかし彼らは僕の考えを危険視し、改めるようにと言外に説き伏せた。

その時僕は「この国には、真に国の行く末を案じている大人はいないのだ」と悟り、それ以降持論を語るのをやめた。ラヴァハートの三男が国家に反逆を企てている、などと噂されてはたまらないからだ。

(仕事が出来ると変に目をつけられたら、面倒くさいし)

このまま適当に働き続け、重大な役職をあてがわれる前に逃亡する。あとは南国で魚でも釣ってのんびり過ごそう。そうすればこんな——顔のことなんかで、いちいち人目を気にする必要もないはずだ。

ふと思い出し、僕は己の仮面に手を伸ばした。

冗談だろと思って着け始めたが、意外にも効果はあった。

廊下ですれ違う時に女中がふらふらと倒れることもなくなった(昨日までは二~三人は倒れていた)し、壁を組んでいた石工が落ちてくることもない(昨日までは二~三人は落ちてきていた)。

同僚たちも心なしか目をそらしており、余計な視線を感じることもなくなった。

(まあ、これだけで収まるなら安いものか)

個人的には『顔が良い』と言われても、何のことかさっぱり分からないのだが。仮面を着けるだけで立ち回りやすくなるのであれば、それに越したことはない。

かくして僕は、この泥舟のような王宮からいつ逃げ出そうかと、指折り数えていたのである。

だが、そんな日々は突然終わりを迎えた。

かのディルフ・ヴェルシアが崩御したのだ。

臣下たちは慌てふためき、自らの領土と権利の保全に奔走した。それと同時に、皇帝の息子たちは対立し、後継者争いを始めたのだ。

当然のように王宮内は荒れ、僕よりも先に多くの貴族らが逃げ出した。かろうじて残った人間もいたものの、現場は慢性的な人不足に陥り混乱した。

手を引くタイミングを失った僕は、とりあえず国民に影響が出ないよう、最低限の指示を出した。上司である王佐補は、帝都が落ち着くまで実家に籠ると宣言したのち、もう三週間も戻ってきていない。

（ああ、頭がいなくなればこのざまだ！　くそ、これだから皇族なんてものは！　威張るばかりで何の役にも立ちゃしない！）

悪態をつきつつも懸命に仕事を回していると、暴動は意外なほど早く収まった。

というのも、あわや内乱かとまでいきり立っていた後継者争いが、呆気なく決着したからである。

おまけにそれをしてのけたのは、第一皇子でも第二皇子でもなく――権力争いから遠ざけられていた第三皇子・ガイゼル様だったというのだから、僕もさすがに驚いた。

それからほどなくして内政は落ち着きを見せ始めた。領地に引きこもっていた上司も帰還し、僕はようやくまた、ぬるま湯のような生活に戻ることが出来ると安堵した。

やがて正式に八代皇帝となったガイゼル・ヴェルシアが、初めて王宮へ姿を見せた。

新たな寄生先に取り入ろうと、臣下たちは軒並み着飾り、新帝への貢ぎ物を廊下へと積み上げている。一方僕は普段の地味な仕事着のまま、手ぶらでふらっと謁見室へ向かった。

壇上にいる陛下の姿は遠く、僕のいる下座からはほとんど認識出来ない。ただ全身真っ黒な衣装と髪、そこにいるだけで凍りつきそうな威圧感だけが印象に残った。

王佐、王佐補、各部署の責任者、騎士団長……名だたる面々が彼の前に跪拝し、己の忠誠をこれでもかとばかりに主張する。あの中の何人が本当にこの国のことを理解しているのか、と僕はにやにやと見守っていた。

だが意外なことに、上役の挨拶が終わっても陛下は席を立たなかった。

どうやら王宮で働くすべての臣下たちの顔を見たいとの意向らしく、登壇する気のなかった僕までもが追い立てられた。

「——王佐補見習い、ランディ・ゲーテと申します」

「……」

近くで見た陛下は、黒い獣のようだった。

暗い色の瞳は射貫くようにこちらを睨んでおり、身にまとう空気のどこにも隙がない。後継者争いもその腕一つで収めたくらいだ。さぞかし武に長けた御仁なのだろう。

（だがいくら戦が上手くても、国を動かしていくのは別の能力だ……）

先帝の血を色濃く受け継いでいるならば、彼もまた政治には無能である可能性が高い。

僕はそんな心中の不敬などおくびにも出さず、普段通りの穏やかな微笑みを作ってみせた。わざわざラヴァハートの名を出す必要もあるまい。

すると陛下は僕の顔を一瞥したあと、短くこう告げた。

「なんだその仮面は」

「……」

おっとそう来たか、と僕は完璧な笑顔をびしりと硬直させた。仮面を着け始めてから六年。今まで誰からも指摘されなかったものを、こうも簡単に聞いてくるとは。

「……少々、人目に曝すには申し訳ない見目でして。お気に障るようでしたら、今ここで外すことも出来ますが」

「いや、いい。お前がどんな容貌をしていようが、政務に支障がないのであれば構わん。好きにしろ」

「……ありがとうございます」

外せ、と言われると思っていた僕は、意外なほどあっさりと引き下がった陛下に、少しだけ興味を抱いた。

だがしょせんはあの愚帝の息子。すでに傾きかけているこの国に、どこまでしがみついていられるかな、と彼に背中を向けつつ、僕は一人せせら笑った。


——しかしあまりに人を馬鹿にしていると、いつかは自分に返ってくる。

僕が呼び出されたのは、ガイゼル陛下が即位してから二カ月後のことだった。上司である王佐補がお怒りだと聞かされ、僕は首を傾げながら執務室へと向かう。

そこにいたのは青ざめた様子の王佐補と、彼の上司である王佐のルクセン・マーラー。そしてガイゼル陛下だった。国家機関の中枢に突然放り込まれ、普段冷静を演じている僕も、さすがにごくりと息を吞む。

「ランディ・ゲーテ。少し話を聞かせろ」

「は、はい」

「この指示は、お前が出したものか？」

陛下が差し出した書類を、僕は恐る恐る受け取る。そこには緊急時、国庫の備品と医薬品の一部開放を許可する文言があり、その下には僕の上司である王佐補のサインがつづられていた。一気に血の気が引いていく。

（……まずい。これは……）

それは間違いなく、僕が書いた指示書だった。

出したのはまさに後継者争いの真っ最中——王宮に人がおらず、猫の手どころか犬でもトカゲの手でも借りたいほど奔走していた時期だ。

ディルフ帝の死後、周辺国で独立を求める騒乱が相次ぎ、国境付近は一触即発の状態にあった。そんな折、騎士団と周辺地域であるオルトレイが、国庫の開放を求めてきたのだ。

本来であれば王佐補の許可がいる案件。だが当の王佐補は実家に引きこもり、手紙はおろか使者の一人も受けつけない。

仕方なく僕は、いつものようにサインをした。

幸い王佐補の書類は、普段から僕が処理していたので、筆跡の違いを見咎められることはない。結果として必要な物資が行き渡り、大事にはならなかったとのちの報告で確認したはずだ。それがどうして、今になって。

「は……い。わたしが、許可しました」

「理由は？」

「……必要な措置だと判断したからです」

「追記に、医師の派遣について書き添えているのは？」

「オルトレイには常駐する医師がおりません。普段は騎士団駐屯地の軍医が対応していますが、あの頃は騒ぎの抑止に人を割かれており、村人の治療にまで手が回らないと判断しました」

「そうか」

陛下は短く答えると、再び手元の書類へと視線を落とした。そこでようやく、脇に立っていた王佐補が憤慨したように声を上げる。

「お、お分かりいただけましたか陛下！　このように、わたくしはこの指示には一切関わっておりません。すべてこの部下がしたことでございます！　処分するのであれば、こやつかと……」

その言い草に、僕はようやく事の経緯を理解した。

情勢が落ち着いてきてようやく、この新たな皇帝陛下は官僚の仕事ぶりを見る気になったのだろう。その中で不自然な指示書を発見。だが発令者であるはずの王佐補殿は何も知らず——戦犯である僕が呼び出された、というわけだ。

（まあ、上司の名を騙って勝手に許可出したんだから、普通に厳罰だよな）

しかしよくもまあ膨大な文書の中から、これだけを探し出したものだ、と僕は感嘆の眼差しを目の前にいる陛下に送った。しかしちょうどいい。このままクビになって、とっとと南国に移住するとしよう。

だが陛下は深い海の底のような瞳を上げたかと思うと、何故か震えている王佐補の方を睨みつけた。

「俺は、この指示書を書いた人間を呼んでこいと言っただけだ」

「は、はい！　ですのでこの者を……」

「この指示は適切だ。俺は誰がこれを出したのか、確認したかっただけだ。罰するためではない」

陛下のその言葉に、王佐補は呆けた顔を浮かべていた。一方僕は陛下の言葉を聞きながら、ぞくりとした寒気に襲われる。

（この男……）

「それよりも、指示書をこいつが出したとすれば……その間、貴様は何をしていたのだ」

「へ、陛下……？」

「大方、領地に戻って震えていたというところだろうが……それで国の仕事が務まると思っているのか？」

淡々とした声色が、まるで氷を張り巡らせるかのように執務室に広がる。その中心にいる王佐補は、見るも無残に打ちひしがれていた。自業自得だ。

「ルクセン、こいつをつまみ出せ。処分は追って指示する」

「かしこまりました」

「へ、陛下⁉ ルクセン様まで！ わ、わたくしは、何も、何もして……！」

必死に反論する王佐補の腕を取り、ルクセン様は粛々と執務室を後にした。取り残された部屋の中で、陛下がぼそりと呟く。

「……何もしないのが問題なのだ。馬鹿め」

僕はそれを聞いて、思わず噴き出してしまった。

すぐに陛下の視線がぎろりと突き刺さり、僕は白々しく咳をする。

「公正な審判をありがとうございます、陛下。しかし数ある指示書の中から、よくあれだけを見つけ出しましたね」

「書類を捜したわけではない。事実を知っていただけだ」

「知っていた、とは？」

「俺はあの時、オルトレイにいた」

僕は思わず言葉を呑み込んだ。オルトレイ——あの国境沿いの小さな村に、次期皇帝となるこの男が出向いていた？

「物資が不足していたところに、必要な薬や食糧が届いた。おまけに医師まで派遣されてきて、村の連中は随分感謝していたようだ」

「何故、陛下御自らが、そのような場所に……」

「砦の防衛が困難を極めていた。あの拠点が破られれば、周辺の村や町は略奪の対象にされる。それを防ぎたかっただけだ」

そこで僕はようやく、自分が誤解していることに気づいた。

あの文書は偶然見つかったものではない。陛下が現地で経験し、この指示を出したのはどんな奴か見てやろう——という明確な意思を持って掘り出されたものだったのだ。

先ほど感じた震えが、再び僕の背筋を走る。

すると陛下は、さらに数枚の資料を僕の目の前に放った。

「これもお前の出した指示書か」

「……は、はい。ですが、何故……」

「以前のものと筆跡を比べた。上手く似せているが、Rの癖は気づかなかったようだな」

顎で机上を指され、僕はおずおずと散らばった書類を確認した。王佐補の名前で署名はされているものの、すべて僕が決裁した案件ばかりだ。

やがて陛下は書き換えられていた箇所を指さし、僕に尋ねる。

「ここに追記したのは何故だ？」

「……アインツァ地方の特産である小麦は、今期は長雨により不作でした。そのため従来の税率では対処しきれないと判断し、実際の収穫高を証明する書類の添付を必須としました。一定の数量以下である場合は、課税の一部を免除する、と」

「ここは？」

「レヴァリアには、ここ五年にわたり毎年増税を課しています。民衆には不満が溜まっており、今は嘆願書等で収まっていますが、いつ暴発するか分からないため、一度納税部の方に数字を検討するよう差し戻しました……」

「なるほどな」

陛下はしばらく考え込んでいたかと思うと、静かに顔を上げた。黒髪の合間から覗く瞳は宝石のように澄んでおり、僕は珍しく目を奪われる。

――ああ、『美しい』とはこういうことを言うのか。

「ランディ、その力をこの国のために使う気はあるか」

「……？」

「隠しているつもりだろうが、お前の能力はこんなところで燻っていて良いものではない。しかるべき地位が必要だ」

　僕は、心臓がどくんと音を立てるのを聞いた。

　この人は、この皇帝は、何を言おうとしているのか。

「このままでは、この国はじき沈(しず)む。そうなる前に、俺はお前の力を借りたい」

「……まさか陛下自らの口からそのようなお言葉を聞けるとは……ですが、良いのですか？　下手をすれば、今の臣下たちへの挑戦ととられかねませんが」

「もとより、そのつもりだ」

　真(ま)っ直(す)ぐに向けられる濃青色(のうせいしょく)の瞳を前に、僕は身震(みぶる)いする。

　緊張(きんちょう)した表情が仮面で隠れていることに、今だけ感謝した。

「わざわざ王佐様がいない隙に言うあたり、本当に恐れを知らない方ですね。……いいでしょう。陛下直々(じきじき)のご下命(かめい)とあれば、謹(つつし)んでいかなる役職でもお受けいたしますとも」

「言質(げんち)は取ったぞ。覚悟(かくご)しておけ」

「ですが、一つだけ約束していただきたいことが」

　む、と眉(まゆ)を寄せる陛下に向けて、僕はにっこりと微笑んだ。

「わたしを登用するのでしたら、指示にはすべて従っていただきます。もちろん不当や殺(さつ)戮(りく)をしろというわけではございません。ですがわたしの課すあらゆる仕事を、逃げ出さずこなしていただきたい」

「……努力しよう。それならば俺からも一つ言いたい」

「何でしょう？」

「そのわざとらしい丁寧語をやめろ。鳥肌が立つ」

それを聞いた僕は、思わずきょとんと目を見開いた。

先ほど同様眉を寄せたまま不快そうに睨んでくる陛下を前に、思わず「ふは、」と笑いを噛みつぶす。この、この皇帝様は。まったく。

「──っあー、初めてですよ、こんなこと。それで？　一体どこから僕に目をつけていたんです？」

「顔見せの時、わざと家名を名乗らなかっただろう。他の奴らがせっせと運んで寄越した邪魔な手土産の類もなかったから、気になっていた」

「あれ、やっぱり欲しかったんですか？　宝石とか」

「馬鹿か。国庫の足しにするぞ」

見る人によっては震え上がりそうな威風の容姿で、軽妙な冗談を吐く陛下が面白くて、僕は再び声を上げて笑った。

その三日後、なんと僕は王佐補に格上げされた。

前職の王佐補殿が解職されたため、その後釜に座った形だ。

僕はまだ王佐補になるには年若く、最初はそのあまりの異例な人事に、一部の臣下たちから不満の声も上がったらしい。だがそこはうちの家名が利いたのか、時が経つにつれ非難の声は穏やかに引いていった。

陛下は約束を覚えているらしく、僕が課すあらゆる難題を適切に乗り越えていった。

最近その量がとんでもなく増えている気もするが、そこは僕の能力の見せどころというか。陛下が倒れないよう、ぎりぎりの采配をしているつもり、である。

その後陛下は、第一皇妃を迎えた。

彼女の身分がどうとかで王宮内の貴族は荒れに荒れていたが、僕としてはラシーの出身というだけで、なんとなく好ましい印象を抱いていた。今度会うことが出来たら、よい釣り場の話でも聞かせてもらいたい。

そういえば一度だけ、陛下の前で仮面を外したことがあった。

強要されたわけではなく、ただなんとなく、僕の方から見せておきたくなったのだ。

陛下は僕の素顔を見つめると、ほんのわずかに目を見開いた。だが特段褒めるわけでも、貶すわけでもなく、ただ手にしていた蜂蜜酒を傾けただけだった。

「あれ、意外と驚いてない」

「俺はお前を顔で登用したわけじゃないからな」

は、と鼻で笑われたことに、僕は不思議と嫌な気持ちを感じなかった。

だがその直後、視線をそらした陛下が、ものすごい小声で続ける。

「――だが、ツィツィーの前では、仮面は外すな」

その言葉に、僕は呑んでいた発泡酒を盛大に噴き出してしまった。

「それってもしかして、僕に皇妃様を取られないか心配してます？」

「ッ、違う！　ツィツィーはそんな、……」

珍しく言葉を濁す陛下を見て、僕はにやりと口角を上げた。

「他の男に取られる心配するくらいなら、さっさと自分のものにしちゃえばいいんですよ。お二人は夫婦なんですから、いつまでも寝室を分けてる必要もないでしょうに」

「そ、それは、……まだあいつの気持ちも、落ち着いていないだろうし……」

「そんなこと言ってるから、陛下はヘタレなんですよ。ああ、そういえばこの間イシリスの話をしていましたね。ちょうどいい。視察していただきたい所もあるので、良ければお二人で出かけられてはいかがですか？」

「イシリスにか？　しかし……」

「この季節、夜のナガマ湖は、ロマンティックですよ？」

　すると陛下は、しばらく渋い顔で悩んでいたかと思うと、絞り出すように「……検討する」と続けた。その様子に僕はまた、堪えきれない笑いを噛みしめる。

　僕の名前はランディ・ゲーテ。
　どうやらラシーで魚釣りをするのは、もうしばらく先のことになりそうだ。

（了）

『しかし……こいつは本当にどの角度から見ても可愛いな……長い睫毛は銀細工のようだし、鼻も口も人形のように小さい。顔なんて、俺の手のひらを広げたら全部覆えてしまえるんじゃないだろうか』

「……」

『ああ、だがまさかこうして腕の中で、ツィツィーの寝顔を堪能出来る日が来るとは思わなかった……。もしかしたら俺はまだ夢を見ているんだろうか？　だとしたらなんて幸せな夢なんだ……』

「……」

相変わらず一切の遠慮なく流れ込んでくる、ガイゼルの心の声。

その身に余る賛辞を一身に受けながら、ツィツィーは苦悩した。

（どうして……どうして私は、先に起きなかったのかしら……！）

ヴェルシアに戻ってからも、陛下の多忙な日々は続いていた。昨日も夜遅くに帰ってきて、ふらふらとツィツィーの部屋を訪れたかと思うと、そのままソファに倒れ込んでしまったのだ。

そんなところで寝たら風邪をひきます、というツィツィーの懸命な説得もあり、ガイゼルも何とか一度は覚醒した。だが自室に戻る気力はとうに失われており、心配したツィツィーは自身の寝台を提供すると伝えたのだ。

すると案の上ガイゼルと譲り合いになり、どういうわけか「では一緒に寝るぞ」という妥協点に着地してしまった。そのままあれよあれよという間に、ベッドに担ぎ込まれたのである。

（うう、いつもは陛下の方が起きるのが遅いから、油断していました……）

突然の同衾にツィツィーはがっちがちに緊張していた。だが心配していたようなあれそれは一切なく、ガイゼルはいつものようにツィツィーを抱きしめたまま、あっという間に入眠していた。

そのあまりの呆気なさに、ツィツィーは驚きと安堵——ほんの少しだけ落胆しつつ、自らもうつらうつらと眠りに誘われる。

そして気づけばこの状態であった。

（何ごともなかったふりをして、普通に起きてみる？　……でも今多分、すごく近くに陛下のお顔があるのよね……）

突然目を開けて驚かれたりしないだろうか。というより、陛下のあの美貌を間近で直視する自信がない、とツィツィーは自らの発案を静かに却下する。

普段であればツィツィーの方が先に目覚めるため、ガイゼルの寝顔をこっそり観賞出来る立場にあった。だが今朝に限っては、その優位が完全に逆転してしまっている。

『相変わらず体も細いな……本当にちゃんと食べているのか？　強く抱きしめたら折れてしまいそうで心配なんだが……。しかし改めて見ても、俺と同じ人間とは思えないな。一体何を食べたらこんなに可憐になれるんだ。花の蜜か、星粒でも食べているのか？』

（普通に！　普通に陛下と同じものをいただいていますが!?）

いつもであればここまで発展する前に、ツィツィーが適当に話をごまかして切り上げさせていた。しかし今は寝たふりをしているため、泉のように湧き出るガイゼルの称賛を、ツィツィーは真正面から受け続けることしか出来ない。

だがいよいよ限界を迎えそうなツィツィーをよそに、ガイゼルは回していた腕に力を込めると上体をぐいと屈めた。今にも顔が触れ合いそうな距離まで近づき——やがて熱のこもった心の声が、どこかためらいがちに響いてくる。

『……今、キスをしたら、怒るだろうか』

（――⁉　へ、陛下⁉）

するとその言葉を体現するかのように、ガイゼルの呼気が近づいてきた。ツィツィーの心臓はばくばくと音を立てており、たまらずぎゅっと目を瞑る。ガイゼルの黒髪が頬に触れ――次の瞬間、こんこんと無機質なノックの音が落ちた。

「――妃殿下、朝のお支度に参りました」

（リ、リジー！）

まさに天からの助けとばかりに、瞑目したままツィツィーは胸中で叫んだ。

ガイゼルはしばし近接したまま動きを止めていたが、やがてはあとため息を残すと、やや不満げに体を起こす。シーツの擦れ合う音が続き、ツィツィーはようやく解放されたと心の中だけで安堵した。

だがその直後、はっきりとしたガイゼルの声が落ちてくる。

「――寝たふりをするなら、もう少し上手くやれ」

（――⁉）

「人は寝ている時と覚醒時で呼吸の仕方が違う。息の呑み込み方もな」

ふ、と聞き慣れたガイゼルの笑みのあと、寝台は一気に軽くなった。

やがてリジーの「陛下⁉　いらしてたんですか⁉」という驚愕が続き、ぱたぱたという慌ただしい足音が寝台に近づいてくる。

「妃殿下⁉　すみません、陛下がおられるとは知らずに失礼なことを……あの、妃殿下、大丈夫ですか？　お顔が赤くなられていますが、熱でもあるのでは……」

「ち、違うんです！　大丈夫、大丈夫ですから！」

こちらが一方的に盗み聞いていたと思ったら――実はガイゼルもまた、ツィツィーの狸寝入りを見抜いていたらしい。

（じゃああれは、私が起きていると分かって、キスを……⁉）

途端に恥ずかしさが倍増し、ツィツィーは一人赤面する。

ガイゼルのぬくもりが残る上掛けを頭からかぶると、しゅううと湯気を立てながらツィツィーは再びベッドの上で丸くなるのであった。

（了）

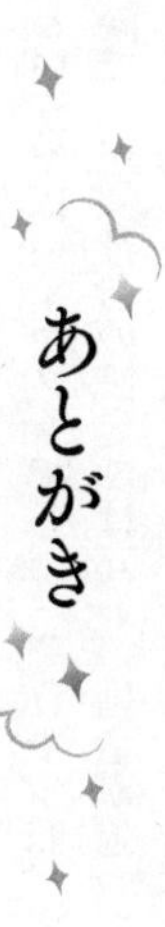

あとがき

はじめましての方も、なろうでご存じの方もこんにちは。

シロヒと申します。

こちらの本は「小説家になろう」で連載していた『陛下、心の声がだだ漏れです！』を書籍用に改稿したものです。お手に取ってくださり、本当にありがとうございます！

全体に大きな変更はないものの、序盤の二人のやりとりやラストの盛り上がりなど、ウェブ版にはない要素をたくさん書かせていただきました！　特に陛下の多重心の声は、ぜひ読んでいただきたいところです。

さらに書き下ろしも二本収録しております。

実はランディは、名前だけ出して絶対に姿を現さない謎のキャラクターのつもりでした。ですが書籍になった記念にと、がっつり書き下ろさせていただいた次第です。

大変に口が悪く、書いている間とにかく楽しかったのを覚えています。

また寝起き攻防戦のお話は、とにかく延々とガイゼルの溺愛を書いたらどうなるだろうか、という挑戦から始まった短編でした。私の中にある美辞麗句のストックを、根こそぎ持っていかれた感じです。

どちらも書籍化記念特典となっておりますので、楽しんでいただけたら幸いです。

ちなみに電子版にはさらに別の特典が付いております。

彼シャツならぬ、彼コートのお話です。良ければこちらも是非。


元々、この話を書こうと思ったきっかけは『ヒーローの感情を、主人公と一緒に書くことは出来ないだろうか』という挑戦からでした。

ある一つのシーンで（主人公側の視点があるのはもちろんですが）実はヒーローはこんなことを思っていました！　という別視点があると、私は大変萌え上がるタイプです。

しかし実際には同じシーンを二回書くことになってしまい、「ええい君たち一体何回ダンス踊ってるんだ⁉」となってしまうのです。

そこで「じゃあもうヒーローの視点も一緒に書けばいいじゃない」となって生まれたのが『表面上はクールなのに、実は心の中で溺愛していて、それが相手に全部伝わっている』というやばいイケメンでした。そうですね、ガイゼルです。

余談ですが、最初の設定では互いの国名が違っていて「ツィツィー・テラベルシア」と「ガイゼル・マト・アトラシア」という名前の予定でした。マトって何だ。

その上で「とにかくひたすらに甘く！　砂糖の塊で殴る！」と念じながら書いています。

作品の方針を担当さんにお伝えする時も、フランス料理のフルコースで「サラダとか前菜とか野菜はいらねえ！　ひたすらに肉だけ出す！　メインディッシュだけでいい！」と言っていました。それはもうステーキ屋ではないかな。

こんな勢いで書き上げた『陛下、心の声がだだ漏れです！』ですが、ぜひ楽しんでいただけたらと思っております。

書籍化にあたりまして、沢山のアドバイスをくださった担当様、丁寧な指摘をくださった校正様、本当に本当にありがとうございます！

また素晴らしい挿絵を描いてくださいました、雲屋ゆきお先生にも心からお礼を申し上げます。

もう挿絵全部がほんっとうに素晴らしくて、特に舞踏会でイライラしているガイゼルは「これや！　これが私の見たかったガイゼルや！」とモブ解説役みたいに息巻いてました。正直この本も表紙と挿絵の画集として保管してもらいたいくらいです。

あとツィツィーの衣装がどれも可愛い！

今回二人は色々な国を移動しているのですが、その各地ごとに特徴ある衣装デザインをしてくださっています。これがまた最高オブ最高なので、ぜひとも私と一緒にキャーキャー言っていただきたい。

そしてなんと！　こちらの作品！　コミカライズ連載もしております！

コミカライズからお手に取って下さった皆様、ありがとうございます！

作画はみまさか先生。セリフ回しは正直原作以上に面白いです。

非常に可愛らしいツィツィーとガイゼルを、これでもかとばかりに描いてくださっております。最近ではもはやガイゼルの方が可愛くて、むしろこっちがヒロインのような気がしてきました。

個人的に

・「視察に行くぞ」『新婚旅行だ！』↑台詞よりでかい心の声フォント

・「我が愛馬に爵位を与えたい」

のシーンが悶えるほど好きです。

こちらも是非楽しんでいただければと思います。

それでは、またお会いできますことを心の底から祈りつつ。

最後までお付き合い下さり、ありがとうございました！

■ご意見、ご感想をお寄せください。
《ファンレターの宛先》
〒102-8177 東京都千代田区富士見 2-13-3
株式会社KADOKAWA ビーズログ文庫編集部
シロヒ 先生・雲屋ゆきお 先生

●お問い合わせ
https://www.kadokawa.co.jp/（「お問い合わせ」へお進みください）
※内容によっては、お答えできない場合があります。
※サポートは日本国内のみとさせていただきます。
※Japanese text only

陛下、心の声がだだ漏れです！

シロヒ

2021年3月15日 初版発行
2022年8月10日 4版発行

発行者　青柳昌行
発行　株式会社 KADOKAWA
〒102-8177 東京都千代田区富士見 2-13-3
（ナビダイヤル）0570-002-301
デザイン　おおの蛍（ムシカゴグラフィクス）
印刷所　株式会社KADOKAWA
製本所　株式会社KADOKAWA

ISBN978-4-04-736258-1 C0193

定価はカバーに表示してあります。
◆◇◇

コミカライズ
大好評連載中!!
心を閉ざした皇帝と
心の声が聞こえる皇妃の
超甘々溺愛ラブコメ!
フロースコミックにて
▼無料配信中▼
陛下、心の声がだだ漏れです!
DA DA
MO RE
漫画 みまさか
原作 シロヒ
キャラクター原案 雲屋ゆきお
※2021年3月時点の情報です。